쌍룡기

장담 신무협 장편소설
ORIENTAL FANTASY STORY & ADVENTURE
⑤

쌍룡기 5
혼돈전야

초판 1쇄 인쇄 / 2010년 5월 15일
초판 1쇄 발행 / 2010년 5월 25일

지은이 / 장담

발행인 / 오영배
편집장 / 김경인, 지영훈
편집 / 윤대호, 김재영, 김유경
펴낸 곳 / (주)삼양출판사 · 드림북스

주소 / 서울특별시 강북구 미아8동 322-10호
대표 전화 / 02-980-2112 팩스 / 02-983-0660
편집부 전화 / 02-980-2116 팩스 / 02-983-8201
블로그 / blog.naver.com/dreambookss

등록번호 / 제9-00046호
등록일자 / 1999년 3월 11일

ⓒ 장담, 2010

값 8,000원

(주)삼양출판사 · 드림북스의 서면 허락 없이는 어떠한
형태나 수단으로도 이 책의 내용을 이용하지 못합니다.

ISBN 978-89-542-3817-5 04810
ISBN 978-89-542-3679-9 (세트)

* 지은이와 협의하에 인지는 생략합니다.
* 잘못된 책은 구입한 곳에서 바꾸어 드립니다.

제1장	늑대를 쫓아내려다 호랑이를 불러들이다	007
제2장	포검산장(抱劍山莊)	037
제3장	그랬군, 그랬어!	069
제4장	정리(整理)	097
제5장	사부 빼돌리기	143
제6장	마지막 결전(決戰)	161
제7장	위험한 장난	189
제8장	공포의 지옥마갑(地獄魔匣)	221
제9장	피로 물든 청라지(靑羅池)	265
제10장	세상으로	289

제1장
늑대를 쫓아내려다
호랑이를 불러들이다

1.

'청시다!'

화살촉에서 푸른빛이 번뜩였다. 청시였다.

철사명은 환한 표정으로 화살을 들어 올렸다.

정적이 내려앉은 광장이 일순간에 시끄러워졌다.

"청시다! 철사명과 삼공자가 붙는군!"

"운이 좋은데?"

"이제 사영이란 놈은 큰일 났군! 이공자가 삼공자보다 훨씬 강하다던데."

"무슨 소리? 그건 붙어봐야 아는 거라고."

자신은 뽑을 필요도 없이 홍시라는 말. 사도무영은 화살을 마저 뽑지 않고 몸을 돌렸다.
 백사청의 눈빛이 싸늘하게 번뜩이며 그의 뒤를 좇았다.
 '너 이놈! 잘 걸렸다! 후후후후.'
 언뜻 그 눈빛을 본 사도무영의 입술이 보일 듯 말듯 비틀렸다.
 '좋아할 일이 아닐 텐데?'
 사도무영은 백사청의 눈길을 받으며 한쪽으로 비켜섰다.
 대결 상대가 정해지자, 우쾡이 모두에게 들으라는 듯 공력이 섞인 목소리로 소리쳤다.
 "먼저 현유와 철사명이 대결을 시작하겠소! 두 사람은 비무대 가운데로 나와 주시오!"

 "부탁하겠소, 현 형!"
 "멋진 대결을 바라겠소, 철 형!"
 이 장의 거리를 둔 두 사람은 나름대로 예의를 갖춰 인사를 나누고 공력을 끌어올렸다.
 철사명은 신중하게 발을 내딛으며 등 뒤의 검을 뽑았다.
 현유는 쌍장에 진기를 집중시키고 고요한 자세로 철사명의 검을 기다렸다.
 "타앗!"
 철사명이 먼저 신형을 날리며 검을 내질렀다. 일직선으로 뻗어가는 그의 검은 구름을 찢고 떨어지는 번개처럼 빨랐다.

현유는 침착하게 쌍장을 내질렀다.

우르릉!

굉음이 울리며 쌍장에서 뻗친 핏빛 기운이 첩첩이 쌓이며 검의 진로를 막았다.

철사명은 자신의 검이 막히자, 몸을 허공으로 튕겼다. 그리고는 삼 장 높이에서 곧장 아래로 떨어져 내렸다.

순간 수십 줄기 검광이 폭포수처럼 쏟아졌다.

쏴아아아!

하지만 현유는 그 자리에서 조금도 움직이지 않고 쌍장을 쳐들어 허공을 후려쳤다.

'묵양의 무공으로는 결코 나를 이길 수 없을 것이다, 철사명!'

사람들은 현유가 철사명을 쉽게 이길 거라 생각했다.

삼차전을 치르는 동안 보여준 무공만 봐도 현유가 훨씬 강하게 느껴졌으니까.

그러나 철사명은 예상했던 것보다 더 강했다. 그는 이십여 초가 지나도록 팽팽한 접전을 벌이며 크게 밀리지 않았다.

현유는 분노를 씹으며 눈초리를 치켜떴다.

'이놈이 여태 실력을 숨겼었구나!'

지금까지 봐왔던 것보다 적어도 두 배는 강하게 느껴졌다. 자신의 실력을 반만 내보이고도 상대를 눌러왔다는 뜻이었다.

자신의 본 실력을 모두 드러내지 않는 것이야 당연한 일이니 뭐라 할 것도 없었다. 문제는 그로 인해서 상황이 자신의 뜻대로 전개되지 않고 있다는 점이었다.

현유는 그 점에 분노가 끓어올랐다.

이십 초 이내에 승리를 결정짓고, 여유 있게 백사청과 사영의 대결을 감상할 생각이었다. 그런데 자신의 계획이 틀어진 것이다.

'좋아! 어디 또 숨긴 재주가 있으면 드러내봐라!'

그는 그동안 사용하던 혈운장을 거두어들이고 두 손을 움켜쥐었다 폈다.

찰나 붉은 기가 돌던 그의 장심에서 묵운이 피어올랐다.

마침내 묵령기를 끌어올린 것이다.

철사명도 안색이 급변하며 다급히 일양기를 끌어올렸다.

일순간, 철사명의 검에서 석양빛처럼 주홍빛 검강이 쭉 뻗었다.

현유는 철사명이 검강을 일으키는 걸 보며 두 손을 털듯이 휘둘렀다.

시커먼 묵운이 폭풍에 밀린 구름처럼 철사명을 뒤덮어 갔다.

"하아앗!"

기합을 내지른 철사명은 일양기가 주입된 검을 앞세우고 묵운에 정면으로 부딪쳐갔다.

크게 차이나지 않는다 뿐이지, 자신이 밀린다는 것은 분명한 사실이었다. 이길 수 있는 방법은 찰나간의 틈을 노리는 것뿐.

그것도 오직 한 번의 기회가 있을 뿐이었다.

현유는 철저한 자. 결코 두 번의 기회를 주지 않을 자였다.

콰르릉!

두 사람의 기운이 정면으로 부딪치며 묵운이 파도치듯 크게 출렁였다.

철사명은 가슴이 턱 막히는 충격을 받고도 눈을 부릅뜬 채 전면만 노려보았다.

출렁이는 묵운 사이로 실낱같은 빈틈이 보인 것은 바로 그때였다.

이가 부서질 정도로 턱에 힘을 준 철사명은 검과 하나가 되어 빈틈을 뚫었다.

쩌저적!

석양빛 검강에 묵운이 갈기갈기 찢겼다.

묵운을 뚫은 검강은 곧장 현유를 향해 벼락처럼 뻗어갔다.

당장이라도 검강에 가슴이 꿰뚫릴 것 같은 상황!

그런데 의외로 현유의 표정은 아무런 변화가 없었다. 오히려 거리가 일 장으로 줄어들었을 즈음에는 입가에 가느다란 웃음마저 걸렸다.

철사명이 뭔가 이상하다는 것을 느꼈을 때는, 검강이 폭발하듯이 터져나간 뒤였다.

쾅!

"크억!"

맨몸으로 철벽에 부딪친 충격이 이러할까.

철사명은 전신이 터져나가는 느낌에 정신이 아득해졌다. 검신합일의 상태여서 더욱 그 충격이 컸다.

'서, 설마 무형묵령기……?'

털썩!

이 장을 날아가 바닥에 나뒹군 철사명은 덜덜 떨리는 손으로 바닥을 짚고 몸을 반쯤 일으키며 고개를 들었다.

현유도 세 걸음 정도 물러선 상태였다. 그의 입가에는 비릿한 조소가 걸려 있었다.

'놈의 계책에 깨끗이 말려들었어.'

빈틈은 약점이 아니었다. 자신을 끌어들이기 위해 현유가 열어놓은 덫일 뿐.

"져…… 졌소."

패배를 자인하는 철사명의 입에서 핏물이 주르륵 흘러나왔다.

현유는 속으로 비웃으면서도 겉으로는 겸손을 떨었다.

"철 형이 양보해 준 덕에 이긴 것 같소."

우굉이 현유의 승리를 알렸다.

"현유 승!"

현천교의 진영에서 환호가 터져 나왔다.

와아아아!

현유는 그들을 향해 합장한 손을 가슴까지 들어 올리고 가볍게 고개를 숙였다. 그리고 미련을 남기지 않고 몸을 돌렸다.

그에게는 당연한 결과였다. 아니 오히려 마음에 안 드는 결과였다.

원하던 초수에 눕히지 못했고, 또한 분노를 이기지 못해서 자신이 감추려 했던 비기까지 드러내고 만 것이다.

'저 딴 놈 때문에 무형묵령기를 드러내다니. 제기랄, 백가가 눈치챘을 테니 이기기가 쉽지 않겠군.'

걸어가며 슬쩍 백사청의 표정을 살펴보았다. 별다른 표정을 짓고 있지는 않지만, 그에게는 비웃음이 역력하게 느껴졌다.

'빌어먹을! 사영이라는 놈이 저 백가의 얼굴을 납작하게 만들어주면 좋으련만.'

하다못해 백사청의 진을 빼주기만 해도 좋을 것 같았다.

그때 문득, 교활한 생각이 들었다.

그는 다음 비무를 위해 한쪽에 서 있는 사영을 바라보았다. 그리고 그에게 전음을 보냈다.

『표 내지 말고 내 말만 들어라.』

사도무영은 현유의 전음을 듣고도 그를 쳐다보지 않았다. 그저 슬쩍 고개를 쳐들어 그의 목소리를 듣고 있다는 시늉만 했다.

『후후후, 역시 사대천강에 들 정도로 똑똑하군. 너에게 한 가지 정보를 주겠다. 백사청은 검을 사용하지만, 실제 가장 무서운 것은 그의 두 눈이다. 그의 눈에서 혈광이 맴돌면 절대 마주치지 마라. 마주치면 한동안 네 몸을 네가 통제할 수 없을 것이다.』

『왜 그런 정보를 나에게 주는 것이오?』

『무사가 사술을 써서 승리를 취하는 게 싫다고 하면 답이 되겠느냐?』

'개소리를 하는군. 나에게 마혼심령술을 썼던 놈이……'

『그리고 그가 혈안마존공을 펼치면 왼쪽을 집중적으로 공격해라. 혈안마존공을 펼치면 왼쪽에 약점이 생기니까.』

『내가 왜 당신 말을 따라야 하는지 모르겠군. 두 사형제가 짜고 나를 곤란하게 만들려고 하는 것인지 모르는데 말이오.』

현유는 눈썹을 꿈틀거리며 냉랭한 어조로 말했다.

『어차피 너는 백사청을 이기지 못한다. 그나마 내 말대로 해야 일말의 기회라도 잡을 수 있을 거다.』

『거 고마운 말씀이시군. 어쨌든 참조는 하리다.』

그는 의심하는 말투와 달리 현유의 말을 모두 믿었다. 현유가 왜 그러는지 그 이유까지 알았다.

'간악한 자 덕분에 백사청을 상대하는 일이 수월해졌군.'

팔성 이상의 공력을 쓰지 않을 생각이었다. 자신을 다 내보일 수는 없으니까.

게다가 수라종파의 무공만으로 싸워야 했다. 도저히 안 될 상황이어도 회천도문의 무공은 최대한 자제하고.

그런 그에게 백사청의 약점은 그 어떤 훌륭한 초식보다 나았다.

2.

현유와 철사명의 일전이 끝난 지 일각 가량이 지나자 우굉이 소리쳤다.

"현천교의 백사청과 수라종파의 사영은 가운데로 나서시오!"

사도무영은 천천히 걸어가 비무대 가운데에서 멈췄다.

곧 백사청이 느긋한 태도로 걸어 나와 맞은편에 섰다.

"후후후, 너는 오늘 하늘이 얼마나 높은지 알게 될 것이다."

사도무영은 어디서 개가 짖느냐는 듯 무표정한 얼굴로 스윽, 도를 빼들었다.

혼자 허공에 대고 말한 셈이 된 백사청은 눈에서 불을 뿜으며 옆구리에 매달린 검을 뽑았다.

'건방진 자식! 내 반드시 네놈의 사지 중 하나를 잘라버릴

것이다!'

고의적으로 상대를 죽이거나, 상대에게 치명적인 부상을 입히는 것은 최대한 자제해야 한다. 그것이 고의로 판명되면 이겨도 오히려 벌을 받으니까.

하지만 백사청은 걱정하지 않았다.

아무도 알아보지 못하게 잘라버리면 되니까.

사영 정도는 충분히 그렇게 만들 수 있었다. 자신의 비기를 사용한다면.

그때 사도무영이 백사청에게 말했다.

"자, 시작할까요?"

쉬이익!

'요' 소리가 끝나기도 전에 사도무영의 도가 허공을 갈랐다.

어떻게 하면 가장 비참하게 무너뜨릴 수 있을까 상상을 하던 백사청은 느닷없는 공격에 뒤로 두 걸음 물러났다.

"이 비겁한 놈이!"

"그건 당신 생각이지. 누가 상대를 앞에 두고 헛생각하라고 했소?"

사도무영은 백사청을 자극하며 아수라구도식을 빠르게 펼쳤다.

"이놈!"

백사청은 노성을 내지르며 검을 단숨에 아홉 번이나 내질렀다.
 검광이 부챗살처럼 펼쳐지며 사도무영의 도세를 완전히 차단했다.
 따다다당!
 두 사람의 무기가 번갯불에 콩 볶듯이 부딪치며 귀청을 울리고, 순식간에 사오 초가 흘렀다.
 그러던 어느 순간, 사도무영이 갑자기 뒤로 훌쩍 물러섰다.
 백사청은 깊게 생각하지 않고 곧장 사도무영을 향해 달려들었다.
 단숨에 요절을 내버리겠다는 듯!
 휘리리릭!
 쭉 뻗은 그의 검첨에서 은은한 묵빛 검기가 휘도는가 싶더니, 사도무영의 요혈을 노리며 날아들었다.
 사도무영은 아수라구도식 중 오초식인 수라삭혼식(修羅削魂式)을 펼치며 백사청의 검을 막았다.
 좌우로 빠르게 휘저어진 도에서 도기가 일렁이며 그물 같은 도막이 펼쳐졌다. 방어를 위한 도막이 아니었다. 한 치의 틈만 보여도 혼조차 잘라버릴 수 있는 검기가 쇄도해갈 것이었다.
 찰나 간 두 사람의 검기와 도기가 얽혀들며 서로의 빈틈을 파고들기 위해 발톱을 들이밀었다.
 백사청은 사도무영이 한 치도 밀리지 않자, 공력을 더 강하게 끌어올렸다.

벌써 십 초가 다 되어간다. 현유보다 시간이 더 걸리는 것은 절대 그가 원하는 일이 아니었다.

공력이 강화되자, 그의 검첨에서 시커먼 검강이 쭉 뻗어 나왔다.

사도무영은 백사청의 검에서 검강이 형성되는 걸 보고 슬쩍 한 걸음 물러섰다. 갑작스럽게 그가 물러서자 백사청이 찰나의 여유를 부렸다. 좀 더 완벽하고 멋진 검강을 펼치기 위함이었다.

실전 부족으로 인한 방심!

멋진 검강보다 빈틈을 노리는 검기 한 줄기가 상대에게 더 치명적이라는 걸 모르는 어리석은 행동이었다.

사도무영은 그 틈을 놓치지 않고 앞으로 쇄도했다.

그의 도에서도 이미 시퍼런 도강이 스멀거리며 형성되고 있었다.

쉬아악!

파란 기운이 넘실거리는 도가 열십자로 그어지며 상대의 방어막을 강타했다.

콰광!

뒤이어 아수라구도식의 육식과 칠식, 팔식이 줄줄이 쏟아졌다.

수라단혼(修羅斷魂), 수라참광(修羅斬光), 수라만천(修羅滿天)!

수십 줄기의 번개가 그의 도에서 폭사되었다.

백사청은 현천십삼검을 펼치며 사도무영의 공격을 막았다.

그러나 눈앞을 뒤덮은 도영은 줄어들 생각을 하지 않았다.

휘이잉! 떠덩!

전력을 다해 검을 내지른 그는 사도무영의 도세와 정면으로 부딪친 반탄력을 이용해 일단 뒤로 물러섰다.

사도무영은 공세를 늦추지 않고 계속 몰아붙였다.

아수라구도식만으로 이기기 위해서는 틈을 주면 안 되었다.

마지막 구식, 수라파천(修羅破天)이 펼쳐진 순간!

쩌저적!

시퍼런 뇌전이 허공을 난자하며 밀려갔다.

이 장 가량 뒤로 물러선 백사청은 냉랭히 코웃음 치며 검을 뻗어 사도무영을 가리켰다.

"흥! 네놈이 날뛰는 것도 거기까지다!"

검첨에서 뻗은 검강이 흑룡처럼 꿈틀거리며 사도무영의 공세를 덮쳤다.

다섯 자의 거리를 둔 채 시퍼런 뇌전과 흑룡이 정면으로 부딪쳤다.

쾅!

일성 굉음과 함께 두 사람의 신형이 각기 일 장 가량 뒤로 밀려났다.

바로 그때, 사도무영을 응시하는 백사청의 눈빛이 묘하게 반짝였다.

은은히 빛나는 혈광!

두 사람의 눈이 마주친 순간, 사도무영의 두 눈이 힘없이 풀렸다. 시퍼런 기운을 뿜어내던 도(刀)도 도강이 스러진 채 밑으로 축 처졌다.

백사청은 하얗게 웃으며 가볍게 바닥을 찼다.

단숨에 이 장을 구름이 흐르듯 나아간 그는, 묵광이 번뜩이는 검을 뻗어 사도무영의 어깨를 향해 내리쳤다.

한쪽에서 지켜보던 우굉이 깜짝 놀라 앞으로 한 걸음 나섰다.

수라종파의 사람들도 눈을 크게 뜨고 소리쳤다.

"저, 저런!"

"피해!"

"단주!"

신월교와 화화종파와 금황종파 교도들은 주먹을 불끈 쥐고 악을 썼다.

"목을 쳐버려!"

"죽여라!"

찰나였다.

백사청의 검에서 뻗은 묵광이 사도무영의 어깨를 갈랐다.

그와 동시에 사도무영의 신형이 힘없이 무너졌다.

분명 대부분이 그렇게 보고, 느꼈다.

하지만 몇 사람만은 눈을 휘둥그렇게 뜨고 자신도 모르게 이를 악물었다.

가장 놀란 사람은 백사청이었다.

상대의 어깨가 잘려나가는데도 검에서 아무런 감각이 느껴지지 않았다. 피륙이 잘려나가는 소리도 나지 않았고, 피분수도 솟구치지 않았다.

안개처럼 흩어지는 사영의 형상!

잘려나간 것은 허상에 불과했다.

'헛! 속았⋯⋯.'

일이 잘못되었다는 걸 직감한 그는 반사적으로 몸을 틀었다.

사도무영은 귀영신법 중 환절영(幻絶影)과 선풍류를 펼쳐서 상대의 눈을 속이고는, 우측으로 돌아가 도를 휘둘렀다.

따당! 쉬익!

백사청은 사도무영의 공세를 완벽히 막지 못했다. 그 바람에 그의 좌측 옆구리 옷자락이 잘려나가며 속살이 그대로 드러났다.

"크읍!"

백사청이 신음을 흘리며 튕기듯이 뒤로 날아갔다.

옆구리는 옷만 잘려진 것이 아니었다. 도기가 옷을 자르고 그 안의 속살마저 베어내 버린 것이다.

만일 도강이었다면 뼈까지 자르고 내장까지 토막 냈을 터.

백사청도 그걸 알기에 얼굴이 참담하게 일그러졌다.
 마지막 일도!
 사도무영은 작심하고 백사청을 향해 쇄도했다.
 찰나!
 그의 도첨에서 도광이 폭발했다.
 폭발!
 그랬다. 그것은 그렇게 표현할 수밖에 없었다.
 백사청의 얼굴이 흙빛으로 변했다.
 막지 못하면 죽을지 모른다!
 난생 처음 느껴본 공포에 뇌리가 하얗게 타들어갔다.
 그는 옆구리의 상처를 생각할 겨를도 없이 전력을 다해 검을 떨쳤다.
 쾅!
 또다시 굉음이 터지며 백사청의 키가 두 자는 줄어들었다.
 주위가 갑자기 조용해졌다.
 믿을 수 없는 일을 본 것처럼 사람들은 입을 반쯤 벌린 채 비무대 위를 쳐다보았다.
 가만히 도를 늘어뜨리고 있는 사도무영.
 두 다리가 무릎까지 비무대 바닥을 파고든 채 옆구리와 입에서 피를 흘리고 있는 백사청.
 대부분의 사람들이 예상했던 결과와 정반대의 광경이 펼쳐져 있었다.

느닷없는 고요를 깬 사람은 사도무영이었다.

그는 천천히 도를 들어 백사청을 가리켰다.

"심판을 보시는 분께서 아직 승부를 확신하지 못하는 모양이군요. 할 수 없지요. 당신의 목을 잘라 확실하게 알려드리는 수밖에."

그제야 정신을 차린 우굉이 다급히 소리쳤다.

"사영 승!"

사도무영은 씩 웃고는, 뒤로 몇 걸음 물러선 다음 그 자리에 주저앉아 진기를 다스렸다.

거짓으로 하는 행동이 아니었다.

끝까지 칠성의 내력만 써서 백사청을 이겼다. 속임수를 써서 이기긴 했지만 그가 받은 충격도 적지 않았다.

그리고 마지막 일도. 그걸 펼치느라 혈류가 역류한 상태였다.

'아수라무광일도단천식, 아주 무식한 도법이군. 조심해서 펼치지 않으면 핏줄이 모조리 터져버리겠어.'

그랬다. 그가 마지막으로 펼친 일도. 그것은 아수라광마가 남긴 아수라무광일도단천식이었다.

광마각 지하 온천에서 실마리를 잡고 꾸준히 연구한 덕에 이제 오성 정도 깨달은 상태. 시험 삼아 한 번 펼쳤다가 하마터면 기혈이 꼬이고 핏줄이 터져버릴 뻔했다.

하지만 그 덕분에 승부를 결정지었으니 불만은 없었다.

불만은커녕, 완성하면 어느 정도 위력을 발휘할까? 이제는 그것이 궁금할 지경이었다.

"씨벌, 내 저럴 줄 알았다니까."

막도가 중얼거렸다. 다른 수라단원들도 질렸다는 표정으로 속삭였다.

"하여간 엉큼한 건 알아줘야 해. 저런 속임수를 쓰다니. 비겁하게 말이야."

"저게 우리 단주 맞아? 전보다 더 강한 것 같은데?"

"조또, 그럼 여태 우리를 속였단 말이잖아? 나쁜 새……, 단주라니까."

"쳇, 이제 단주의 목을 따기는 다 틀린 것 같군."

"근데 마지막에 펼친 건 뭐지? 처음 보는 건데. 아수라구도식 맞아? 저 도둑놈이 어디서 저걸 배웠지?"

적수연이 금방 눈물을 떨어뜨릴 것 같은 표정으로 말했다.

"광마각에 있을 때, 지하 온천에서 이상한 도법을 연구하는 걸 봤거든요? 아마 그걸 거예요."

"이상한 도법? 그게 뭔데?"

"저도 이름은 몰라요. 본교의 누구에게 받은 거라고 했는데, 오기로 익혀본다고 했어요."

그때 적소연의 말에 귀를 쫑긋 세우고 있던 감평악의 얼굴이 창백하게 굳어졌다.

"서, 설마……, 정말로 그걸 익혔단 말……?"

도담이 느릿하니 고개를 돌려 감평악을 바라보았다.

"무슨 말입니까? 총령께선 사 단주가 펼친 도에 대해 아시는 게 있나 보군요."

감평악이 흠칫하며 얼버무렸다.

"아니 뭐……. 전에 저 친구가 뭘 익힌다고 했던 거 같아서 말이야."

한편.

비무대 아래서 대결을 지켜보던 현유는, 넉살 좋게 비무대 한가운데서 운기하고 있는 사도무영을 노려보았다.

딱딱하게 굳은 표정, 차가운 눈빛.

겉으로는 냉정하게 보였지만, 내면은 결코 그렇지 못했다. 그는 뜻밖의 결과가 당황스러웠고, 곤혹했다.

자신의 눈으로 보고도 지금 상황을 믿을 수가 없었다.

혈안마존공에 대한 걸 알려주긴 했지만, 설마 백사청을 이길 줄은 생각조차 못했다. 잘해야 심각한 부상을 입히는 정도?

그런데 놈은 그 상황을 최대한 이용해서 거꾸로 상대를 속이고 승리까지 거머쥐었다.

문제는 자신의 상대가 백사청이 아니라 놈이 되었다는 것이었다.

백사청과의 비무는 이기든 지든 큰 문제가 안 되었다. 최악의 경우라고 해 봐야 자신의 자존심만 상할 뿐.

그러나 놈이 백사청을 이기고 자신의 상대가 된 이상 상황이 달라졌다.

이제는 반드시 이겨야 한다. 지면 자신은 물론 현천교의 위신마저 땅에 떨어질 테니까.

그것은 곧 후계자의 위치에서 영원히 탈락한다는 의미. 자신이 사영을 이겨야만 하는 절실한 이유는 바로 그 때문이었다.

'제기랄! 늑대를 쫓으려다 호랑이를 불러들인 꼴이 되었군.'

자신이 놈보다 약하다는 생각은 조금도 하지 않았다. 하지만 승부는 강함만으로 결정되는 것이 아니었다. 놈은 무공도 강하지만, 머리도 여우 못지않았다.

'진다는 건 말도 안 돼! 저 따위 놈에게 져서 꿈을 잃을 수는 없지!'

어쩌면 기회일 수도 있었다. 경쟁상대가 한 사람 줄어들었지 않은가 말이다.

'무슨 수를 써서라도……. 내 혼을 악마에게 팔아서라도 이긴다! 반드시!'

사도무영은 일각 가량 운기를 한 후 자리에서 일어났다. 그가 일어날 때까지 누구도 방해하지 않았다.

그가 일어나자 수라단원들이 활짝 웃으며 환호했다.

"단주님, 최곱니다!"

"역시 단주님이라니까!"

"음하하하! 나는 진즉부터 이길 줄 알았다고! 우리 단주님이 어떤 분이신데!"

"정정당당한 대결을 했으니까, 현천교도 단주님을 뭐라고 못할 거야! 안 그래?"

"그럼, 그럼!"

사도무영은 그들을 바라보며 씩 웃었다.

운기중이라 해도 들을 것은 다 들었다. 그들이 뭐라고 했는지, 한 마디도 빼놓지 않고 모두.

'그래도 오늘은 기분 좋은 날이니까 봐주지.'

그때 여화란의 전음이 귓전으로 스며들었다.

『축하해요.』

사도무영은 그녀를 보고 살짝 고개만 끄덕여주었다. 말이 길어지면 또 엉뚱한 소리가 나올지 몰랐다.

한데 그가 계단을 내려갈 때였다. 한 사람이 그에게 다가왔다.

"대교주님께서 부르시네. 나를 따라오게."

사도무영의 표정이 굳어졌다. 마침내 북궁마야와 직접 대면할 때가 된 것이다.

3.

 북궁마야와 떨어진 거리는 기껏해야 이 장. 가까이서 본 그는 십여 장 떨어진 곳에서 볼 때와 또 달랐다.
 다른 누구와도 비교할 수 없는 절대의 기운을 지닌 자!
 여덟 종파의 종주들조차 그와 비교하면 많은 차이가 났다.
 새삼 현천교가 왜 이 한 사람으로 인해 천년율법을 바꿔야 했는지 이해할 수 있을 것 같았다.
 '진정 엄청난 자군.'
 사도무영은 숨을 쉬는 것조차 조심했다. 무의식중에 흘러나오는 기운도 최대한 안으로 갈무리했다.
 북궁마야는 천하에 몇 없는 절대지경의 고수. 자신이 지닌 기운의 정체를 알아볼지 몰랐다.
 "대교주님 앞에 무릎을 꿇어라."
 옆에서 현천교의 장로 중 하나가 나직이 말했다.
 현유가 먼저 무릎을 꿇고, 사도무영도 뒤따라 무릎을 꿇었다.
 북궁마야는 앞에 무릎을 꿇고 있는 현유와 사도무영을 지그시 쳐다보았다. 그러다 사도무영에게서 시선을 멈추고 입을 열었다.

"하늘이 보살피사, 어둠 속에서 새로운 별이 떴으니 본교의 홍복이로다."

사도무영은 아무 말도 하지 않고 고개를 더욱 깊숙이 숙였다.

은은하게 떨리는 목소리에서 기이한 힘이 느껴졌다. 심혼을 흔들어 모든 것을 토해내게 만드는 사이한 힘.

한데 그 힘이 느껴진 순간, 몸속에 눌러놨던 현천수호령이 꿈틀거리는 것이 아닌가.

사도무영은 고개를 숙인 채, 꿈틀거리는 현천수호령을 잠재웠다.

'처박혀 있어!'

그가 겨우 겨우 현천수호령을 잠재우는데 북궁마야가 물었다.

"이름이 사영이라 했는데, 그게 본 이름이더냐?"

그 목소리를 듣는 순간 머리가 지끈거렸다.

단순한 목소리가 아니었다. 심혼을 제압하는 마성(魔聲)이었다.

현유의 마혼심령술이나 백사청의 혈운마존공 따위는 비교도 되지 않는 절대의 섭혼마공!

'아니오, 내 이름은 사도무영이오.' 그 말이 목구멍까지 올라왔다.

그때 잠잠해지려던 현천수호령이 다시 꿈틀거렸다. 동시에 머리가 조금 맑아졌다.
 사도무영은 목구멍까지 나온 말을 가까스로 구겨 넣고 순순히 시인했다.
 "예, 대교주."
 "본교의 교령이었던 종리고명에게 목숨을 구함 받았다고 들었다만."
 "그렇사옵니다."
 "진정으로 신교의 제자가 되고자 이곳에 온 것이더냐?"
 "물론이옵니다."
 사도무영이 결연한 어조로 망설임 없이 대답하자, 기이한 힘이 서서히 약해졌다.
 "허허허허, 그대와 같은 기재를 거저 얻었으니, 수라종파는 복도 많구나."
 감교악이 고개를 숙이며 담담히 말했다.
 "수라종파의 복은 곧, 신교의 복이 아니겠사옵니까?"
 사도무영은 내심 가슴을 쓸어내렸다. 힘들게나마 북궁마야의 시험을 통과한 것이다.
 '휴우, 하마터면 당할 뻔했네. 대교주나 되는 자가 의심은 더럽게도 많군.'
 그는 내심 안도하며 북궁마야의 말을 기다렸다.
 북궁마야는 사도무영과 현유를 지그시 내려다보며, 굵고 나직한 목소리로 말했다.

"서열에서 차이가 날 뿐, 내일의 대결에서 이기든 지든, 너희 둘은 본교의 위업을 이루는 일에 선봉으로 나서게 될 것이다. 최선을 다해 겨루어 후회함이 없도록 하라!"

 "명심하겠습니다, 사부님!"

 "예, 대교주!"

 사도무영은 담담히 대답했지만, 북궁마야의 말에서 한 가지 사실을 깨닫고 모골이 송연했다.

 '제길! 아무래도 호교무장전이 끝나면 바로 강호출도를 계획하고 있는 것 같군.'

 수라종파의 사람들이 모여 있는 곳으로 돌아가자 모두가 웃으며 반겨주었다.

 각자 나름대로의 이유가 담겨 있는 웃음이었다.

 감교악은 자신의 계획이 한 발 더 앞으로 나아갔다는 것에 즐거운 듯했고, 감평악은 이제 수라종파가 자신의 것이 되는 것은 시간문제라고 생각한 듯 여유 있는 웃음을 지었다.

 감중악과 원묵, 음지청 등 삼당의 당주들과 간부들은 떨떠름한 마음임에도 어쩔 수 없이 웃었고, 장로와 호법들도 속마음은 숨긴 채 일단 웃음부터 짓고 봤다.

 수라단의 단원들이야 잘 보이기 위해서, 맞지 않기 위해서 활짝 웃으며 호들갑을 떨었고.

 "단주님, 축하합니다! 하하하! 우리는 단주님이 이길 줄 알았습니다요!"

"그럼! 우리 단주님이 어떤 분이신데?"

"호호호호, 단주님, 오늘 저녁에 찾아갈까요?"

사도무영은 수라단의 호들갑을 들은 척도 하지 않고 도담을 쳐다보았다.

도담의 권태에 찬 표정에도 가느다란 웃음이 걸려 있었다.
『백사청까지 이기다니, 정말 대단하군. 아무래도 내가 단주를 잘못 봤던 모양이네.』

『전에 했던 약속. 잊진 않으셨겠지요?』

『바라는 것이라도 있나?』

『저녁에 뵙지요. 해시가 지날 때쯤, 그때 그곳에서.』

사도무영은 짧게 말하고 몸을 돌렸다.

한 줄기 전음이 들려온 것은 바로 그때였다. 처음 듣는 목소리였다.

『나는 호당이라고 하네. 할 이야기가 있으니, 자시에 황운담으로 나오게나. 계곡물을 따라 위쪽으로 죽 올라가다 보면 숲속에 서너 개의 연못이 모여 있는데, 그곳이 황운담이네. 조심해서 오도록 하게.』

사도무영은 호당이라는 이름을 듣고 도를 쥔 손에 힘을 주었다.

호당.

사도무영은 그의 이름을 종리곽에게 들은 적이 있었다. 하지만 그 이름의 주인은 믿을 만한 사람이 아니었다.
 그는 대제사장이 몰락할 당시 자신의 길을 찾아간 자. 배신자였던 것이다.

1.

 사도관은 광효와 섭장천, 그리고 섭장천 일행 중 부상을 입지 않은 여덟 명만 대동하고 장안표국을 나섰다.
 정말 포검산장이 용검회라면 어차피 청운표국의 표사들은 크게 도움이 되지 않았다.
 길안내는 어제의 그 표사, 동추가 하기로 했다.
 사도관이 동추를 원한 것이다. 불평불만 없이 길안내를 잘한다면서.
 동추로선 영호운이 명령하니 싫어도 어쩔 수 없었다. 한편으로는 사도관이 포검산장에 가서 혼쭐나는 꼴을 보고 싶은 마음도 있었고.

포검산장은 장안에서 서쪽으로 구십 리 가량 떨어진 호현 남쪽에 세워져 있었다.

야트막한 야산 아래에 세워진 장원은, 장원이라기보다 하나의 마을처럼 보일 정도로 넓었다.

사도관은 멀리서 장원을 살펴보며 고개를 갸웃거렸다.

"특별해 보이진 않는데?"

"저 안쪽을 자세히 봐라."

광효가 나직이 말하며 눈에서 불을 뿜었다.

심혼의 떨림이 느껴지는 목소리.

흠칫한 사도관과 섭장천은 장원의 안쪽을 유심히 살펴보았다.

언뜻 봐선 나무에 가려져 잘 보이지 않았다. 특별할 것도 없어 보였고.

하지만 자세히 보면 장원 안쪽에 높은 담장이 또 하나 있다는 걸 알 수 있었다.

한데 그 담장 안쪽은 바깥쪽과 느낌 자체가 달랐다.

일단 건물이 바깥쪽보다 훨씬 고색창연했다. 그리고 바깥쪽과 달리 아무런 기운도 느껴지지 않았다. 심지어 약한 기운조차.

그 담장은 단순히 구역을 나누기 위해 세워진 것이 아니라, 외부와 내부를 완전히 단절시키는 경계선이었다.

"저 안에 가공할 기운이 웅크리고 있다. 나는 그게 느껴진다."

사도관과 섭장천이 느끼지 못한 것을 광효는 느끼고 있었다.

광기가 그의 몸을 지배하면서 감각이 극대화된 상태였던 것이다.

사도관은 광효의 말에 의문을 품지 않았다.

"흠, 그럼 몰래 들어가려던 계획을 수정해야겠군요. 장천, 자네 수하들은 밖에 남겨 놓아야겠네. 동추, 자네도 그들과 함께 남아 있고. 우리 셋만 들어갈 테니까."

섭장천은 사도관의 마음을 알고 고개를 끄덕였다.

"알겠습니다."

동추야 대환영이었고.

"예, 대협."

사도관과 광효, 섭장천은 포검산장의 정문을 향해 걸어갔다.

사람들이 꾸준히 들락거리고 있어서 그들의 접근이 이상하게 보이지는 않았다.

"무슨 일로 본 장에 오신 겁니까?"

막 정문 앞에 도착한 후에야 정문의 위사가 물었다.

사도관이 뒷짐 진 자세로 대답했다.

"여기 장주님을 뵙고 싶어서 왔네."

"장주님을? 무슨 일인데 그러십니까?"

"뭐 좀 물어볼 게 있어서 말이야."

그러니까 그게 뭐냐고!

위사는 그런 표정으로 사도관을 노려보았다.

사도관은 꿈쩍도 않고 자신이 할 말만 했다.

"안에 기별 좀 해주게나."

"무슨 일인지 알아야……."

"자네 높은 자리에 올라가기는 틀려먹었군. 장주를 만나려는 손님이 왔으면 일단 안에 기별부터 하는 게 순서거늘. 쯔쯔쯔……."

위사는 의견을 구하려는 듯 옆에 있는 동료를 쳐다보았.

그때 사도관이 슬쩍 말했다.

"용과 관련된 일로 왔다고 아뢰게."

흠칫한 위사는 사도관을 노려보았다. 단순히 정문이나 지키는 위사라고 하기에는 지나칠 정도로 날카로운 눈빛이었다.

하지만 사도관은 눈썹 한 올 꿈쩍하지 않았다.

그제야 위사는 사도관이 보통 사람이 아니라는 걸 알고 생각을 바꾸었다.

"잠깐만 기다려 보십시오. 아, 손님의 이름은 어떻게 되시는지요?"

"빨리도 묻는군. 나는 관도사라 하네. 아, 그리고 이쪽 승

형은 광효, 이쪽은 섭장천이라고 하지."
 관도사나 광효라는 이름은 기억 끝자리에도 없었다. 그러나 섭장천이라는 이름은 어디서 많이 들어본 이름이었다.
 위사가 고개를 갸웃거리며 몸을 돌리려는데, 옆에 있던 그의 동료가 말했다.
 "혹시 호남의 남천영검 섭장천……?"

 섭장천이라는 이름 덕분에 사도관 일행은 밖에서 기다리지 않아도 되었다.
 사도관은 위사를 따라 객당으로 가며 장원 안을 기웃거렸다.
 위사는 그들을 객당에 머물도록 하고 윗사람을 부르기 위해 안으로 들어갔다.
 사도관은 위사가 사라진 다음에야 수염을 쓰다듬으며 중얼거렸다.
 "단 형이 뭔가 일을 저질렀다면 분위기가 이렇게 조용하지 않을 텐데……."
 "단 대협이 저항도 못해 보고 잡혔을 거라 보시는 겁니까?"
 "그럴 가능성도 무시할 수는 없겠지. 이곳이 정말 용검회의 총단이라면 말이야. 좌우간 정말 그런 거라면 차라리 다행일 수도 있어. 피해가 없다면 말하기도 편할 테니까."
 그도 그럴 듯했다.

섭장천은 천천히 고개를 끄덕이며 사도관의 옆모습을 바라보았다.

덤벙거리며 대충 말하는 것 같았다. 하지만 그럼에도 사도관의 판단에는 흠잡을 곳이 거의 없었다.

도대체가 속을 제대로 알 수가 없는 사람이었다.

반각 가량이 지나자 위사가 한 사람을 데려왔다.

이십 대 중반의 나이. 볼에 적당히 살이 붙어 있어서 순박하게 보이는 인상이었다.

"저는 순우연이라 합니다. 장주님을 만나러 오셨다고요?"

사도관이 웃으며 대답했다.

"그렇다네."

"용에 대해서 하실 말씀이 있다고 하셨다던데요."

"물론이지."

순우연은 담담한 눈으로 사도관을 바라보았다.

사도관은 그의 눈을 피하지 않았다.

그 시간은 잠깐에 불과했다. 하지만 순우연의 가슴에선 한 차례 격랑이 몰아쳤다가 물러났다.

그는 고개를 돌려 섭장천을 바라보았다.

"섭 형이시지요? 이름은 많이 들었습니다. 이렇게 직접 만나게 되다니, 영광입니다."

"별말씀을. 허명일 뿐이지요."

순우연은 솔직히 섭장천에 대해 그리 큰 신경을 쓰지 않았다. 소문은 대부분 과장되기 마련이니까.

그러나 직접 만나본 섭장천은 그의 예상보다 훨씬 뛰어나 보였다.

그때 우두커니 서 있던 광효가 뜬금없는 말을 했다.

"확실한 거 같군."

순우연은 광효를 향해 고개를 돌렸다. 그러다 광효와 눈이 마주치자 담담하던 그의 표정이 살짝 굳어졌다.

"뭐가 말씀입니까?"

사도관이 재빨리 나서서 말했다.

"용과 관련된 것이 확실하단 말이지. 자, 어떻게 할 건가? 장주께 안내해 주겠나, 아니면 쫓아낼 건가?"

순우연은 머릿속이 혼란스러웠다.

내원으로 들어가던 중 다급히 걸음을 옮기는 위사에게서 섭장천의 이름을 듣고 직접 만나러 왔다.

솔직히 그때만 해도 섭장천 외에는 별 신경도 쓰지 않았다.

그런데 이제는 섭장천이 문제가 아니었다.

대체 이들이 누군데 눈빛만으로 자신의 마음을 흔든단 말인가?

'두고 보면 알겠지.'

순우연은 잠깐 사이 담담한 표정을 되찾고 고개를 살짝 숙였다.

"좋습니다. 저를 따라오시지요."

2.

 사도관 일행은 순우연을 따라 내원으로 들어갔다.
 검은 벽돌로 쌓인 담장을 지나자 고색창연한 건물이 위용을 드러냈다.
 일반 마을처럼 보이는 바깥쪽과는 완전히 다른 분위기였다. 경비무사는 없었지만, 오히려 그보다 더 무겁고 삼엄하게 느껴졌다.
 순우연은 사도관 일행을 곧장 한 건물로 안내했다.
 이층으로 된 건물이었는데, 현판에는 무룡각(霧龍閣)이라 쓰여 있었다.
 "숙부님, 연입니다."
 "무슨 일이냐?"
 "손님이 오셨습니다. 들어가도 되겠습니까?"
 "손님? 들어오너라."
 의아해 하는 목소리와 함께 허락이 떨어지자, 순우연은 방문을 열고 뒤를 바라보았다.
 "들어오시지요."
 사도관 일행은 거칠 것 없다는 듯 순우연을 따라 안으로 들어갔다.

전각 안에는 한 사람이 탁자 앞에 앉아서 뭔가를 보고 있었다. 짙은 감청색 옷을 입은 중년인이었는데, 그는 순우연과 사도관 일행이 안으로 들어오자, 그제야 들고 있던 것을 내려놓고 고개를 들었다.

순우연은 그의 바로 앞까지 걸어간 후 입을 열었다.

"용과 관련된 것 때문에 왔다고 하십니다."

중년인은 천천히 사도관 일행을 살펴보았다. 그러다 무엇을 느꼈는지, 가볍게 놀란 표정을 지으며 자리에서 일어났다.

사도관이 그제야 포권을 취하며 말문을 열었다.

"관도사라 합니다."

"순우문이라 하오."

사도관이 광효와 섭장천을 소개했다.

"이분은 광효대사시고, 이쪽은……."

"광효라 한다. 대사는 아니다."

"섭장천입니다."

무례하게까지 들리는 광효의 인사에도 순우문은 기분 나쁜 표정을 짓지 않았다.

"섭장천? 호남의 남천영검이신가?"

"친구들이 그리 불러주고 있습니다."

순우문은 섭장천을 보며 보일 듯 말듯 고개를 끄덕이고는 광효를 바라보았다.

조금 전, 눈이 마주친 순간 숨이 턱 막혔다.

자신에게 그런 느낌을 줄 수 있는 사람은 포검산장을 통틀어도 다섯을 넘지 않는다.

앞에 있는 이상한 승려가 최소한 그들만 한 실력자라는 뜻.

"어느 사찰에 계신 분이신지요?"

"알 것 없다. 나는 이미 부처를 부수고 지옥에 발을 디뎠으니까."

순우문의 표정이 미미하게 변했다.

하지만 그는 곧 냉정을 되찾고 사도관을 바라보았다. 특별한 것은 없어 보여도, 조금은 맹하게 보이지만, 일행을 주도하는 사람이 그인 것처럼 보인 것이다.

"용과 관련된 일로 찾아왔다 하셨소?"

"그렇습니다. 정확히는 이곳이 용검문의 총단이라는 것 때문에 왔다고 해야겠지요."

사도관은 대충 말하는 것 같으면서도 곧장 핵심을 찔렀다.

순우문의 표정이 딱딱하게 굳었다.

"용검회의 총단이라……. 뭘 잘못 아시고 오신 건 같구려."

순우문이 단호하게 부정하자, 사도관은 천보장에서 몇 번 봤던, 물건 거래할 때 쓰는 말을 떠올리고 한 번 써먹어 봤다.

나름대로 비웃음 비슷한 웃음을 지으며.

"저도 검을 사용하고 귀하도 검을 사용하는데, 이거 알 만한 사람끼리 말 돌리지 맙시다."

언뜻 들으면 그럴 듯하기도 하고, 꼼꼼히 씹어 보면 장난처럼 하는 말처럼 들리기도 했다.

그러나 이곳까지 들어와서, 그것도 용검회에 대해 말하면서 장난을 할 사람이 천하에 몇이나 될 것인가.

사도관이 본래 그런 사람이란 걸 모르는 순우문으로선 상대의 말이 제법 그럴 듯하게 들렸다.

게다가 비웃음을 띤 채 바라보는 사도관의 눈빛이 깊이를 알 수 없는 고요한 호수 같아서 반박 대신 침음만 흘러나왔다.

"으음······."

"그래도 바로 인정하시는 걸 보니 입만 열었다 하면 거짓말하는 사람들과는 다른 분 같군요."

사도관은 계속 밀어붙이며 자신의 말을 기정사실화 했다.

'내가 언제!'

순우문은 소리쳐서 반박하고 싶은 걸 꾹 참았다.

여기서 아니라고 하면, 결국 입만 열었다 하면 거짓말이나 하는 사람이 될 판이었다. 그렇다고 인정하자니 그것도 문제고.

다행히(?) 사도관이 그의 어려움을 해결해 주었다.

"하긴 뭐, 사실 그건 중요한 게 아니지요."

"그럼······ 뭐가 중요하단 말이오?"

"어제 몇 사람이 이곳에 들어왔을 겁니다. 그렇죠?"

사도관은 곧바로 본론을 꺼내고 순우문을 쏘아보았다. 조금 전까지의 어수룩한 모습은 어디에서도 보이지 않았다.

─거짓말할 생각은 아예 하지 마쇼!

마치 그렇게 소리치는 듯했다.

순우문은 경비를 총괄하는 무룡각의 각주다. 당연히 그 일에 대해 잘 알았다.

"그렇소. 그들은 본 장에 허락 없이 들어왔다가 잡혔소."

그의 목소리에 힘이 들어갔다.

침입자들과 일행이라면 밀릴 이유가 없었다. 오히려 여차하면 사람을 불러들여 이들을 잡아야 했다. 문제는 앞에 있는 자들이 예사 고수가 아니라는 점이었다.

'보통 놈들이 아니야. 잘못하면 한바탕 큰 소란이 일겠어.'

그는 일단 시간을 끌면서 상황에 대처하기로 하고 턱을 치켜들었다.

"그들이 귀하의 일행이오?"

사도관은 조금도 거리낄 게 없다는 듯 태연히 말했다.

"그렇습니다. 그들을 풀어주시죠."

"그럴 수는 없소. 그들은 본 장에 죄를 지었으니 본 장의 법대로 할 것이오."

"그들이 누굴 죽이거나 팼습니까?"

"그러진 않았소."

"그럼, 뭘 훔쳤습니까?"

"훔친 것은 없소."

사도관이 버럭 소리쳤다.

"나 참! 그럼 뭡니까? 장원 한 번 구경하러 들어온 게 무슨 큰 죄라고 계속 잡아놓겠단 말입니까?"

"그건 본 장의 법도……."

"어디 한 번 보여주시죠. 본래 법이라는 걸 다른 사람에게 알리려면 어디다 적어 놓은 게 있을 텐데, 장원을 구경하러 들어온 사람에게 어떤 벌을 내리는지 보고 싶군요."

용검회의 법도에 대해 적어 놓은 게 있긴 했다. 하지만 장원을 몰래 들어온 사람에게 어떤 벌을 내리는지, 그런 하찮은 것까지 적혀 있지는 않았다.

"그에 대한 것은 오래전부터 관습처럼 전해져 오는 거라 따로 적혀 있지 않소."

"그래서, 풀어줄 수 없다는 겁니까?"

"물론이오."

"정말이죠?"

"나는 허언을 하는 사람이 아니오."

내가 왜 이런 대답을 해야 하지? 순우문은 의아해하면서도 대답을 계속했다.

사도관은 질문을 멈추고 순우문을 뚫어지게 쳐다보았다.

"관습이 그래서 무슨 일이 있어도 풀어줄 수 없다, 그 말이죠?"

"그렇……소."

순우문은 눈이 터질 것 같았다.

그는 뒤늦게야 사도관의 무위가 자신의 예상보다 훨씬 높다는 걸 알고 표정이 딱딱하게 굳어졌다.

한편으로는 상대를 잡겠다고 무력을 쓰지 않은 게 다행으로 생각되었다.

사도관은 검지로 콧등을 밀어 올리며 나직이 중얼거렸다.

"관습이라……."

그러다 동작을 멈추더니 순우문을 바라보았다.

"한 가지만 더 물읍시다. 장원 밖이 전부 포검산장 땅입니까?"

"그건 아니오."

"그래요? 그럼 장원 밖은 포검산장의 법과 상관이 없겠군요."

"그거야 그렇소만……."

"잘 됐군. 그럼 장원 밖으로 나온 사람을 다 때려잡아서 교환하자고 하면 되겠군요."

"뭐라? 지금 억지를 부리겠다는 말이오?"

솔직히 사도관이 생각해도 자신의 말은 억지였다. 하지만 기왕 억지 부리는 거 끝까지 밀어붙였다.

"당신들 땅도 아닌데 못할 게 뭐 있단 말이오? 포검산장이 뭐가 무섭다고!"

"그대가 감히!"

"감히? 감히는 뭐가 그리 잘났다고 감히야!"

순간이었다. 버럭 소리친 사도관의 전신에서 강렬한 기운이 확 퍼지더니 순우문을 감쌌다.

숨이 턱 막힌 순우문은, 전신이 천만근 바위에 짓눌린 것처럼 움직이기가 힘들었다.

'이, 이 정도였단 말인가?'

'흥! 내 마누라보다 약한 게 어디서 고함이야?'

일순간, 팽팽한 긴장감이 방 안을 짓눌렀다.

당장 피가 튈 것 같은 상황.

한데도 광효는 눈을 번들거리며 그런 상황을 반겼고, 섭장천은 검병에 손을 얹은 채 등골을 타고 흐르는 긴장감을 즐겼다.

'저분하고 함께 다니면, 제 명에 살지는 못해도 심심하진 않을 게야.'

하지만 순우연은 두 사람처럼 태연할 수가 없었다.

무룡각주 순우문이 기세에서 밀리다니!

그것도 미세한 차이로 밀린 것이 아니다. 자신의 눈에도 차이가 확연하게 느껴질 정도다.

그는 상황이 더 악화되기 전에 사도관을 말렸다.

"잠깐만 진정하시지요, 관 대협. 제가 드릴 말씀이 있습니다."

사도관은 못이긴 척 진기를 거두었다.

'별것도 아닌 것들이 위세를 떨기는…….'

겨우 숨통이 트인 순우문은 숨을 깊게 들이쉬었다.

쿵쿵거리는 심장박동이 고막을 흔들었다. 온몸이 축 처지는 기분. 그는 파르르 떨리는 눈으로 사도관을 직시했다.

'저자가 누군데 이토록 가공할 기운을 지녔단 말인가?'

순우연은 순우문의 창백한 얼굴이 제 상태로 돌아올 때까지 기다렸다. 그리고 순우문의 마음이 가라앉았다는 생각이 든 다음에야 질문을 던졌다.

"숙부님, 그들은 지금 어떻게 되었습니까?"

순우문은 맥이 빠진 목소리로 나직이 대답했다.

"뇌옥에 갇혀 있다."

"큰 죄가 없다면 어떻게 협상을 할 수도 있을 것 같은데요."

"둘째 어르신께서 직접 잡아서 가두셨다. 그러니 나에겐 아무런 권한도 없다."

"둘째 조부님께서요?"

"놈이 어르신께 검을 휘두른 모양이다. 그 바람에 화가 나셨나 보더라."

순우연이 난색을 지으며 사도관을 바라보았다.

그의 둘째 조부인 순우만은 본래 순한 사람이었다. 하지만 한 번 틀어지면 고집이 고래힘줄보다도 질겼다.

"이거 곤란하게 되었는데요. 어지간하면 제가 나서 보겠는데, 하필 둘째 조부님이 직접 손을 쓰셨다니……."

"곤란할 거 없네. 우리가 그분을 만나서 말씀드리지."
"아마 듣지 않으실 겁니다."
"그럼 이곳이 시끄러워질 거네."
순우연의 미간에 주름이 두어 줄 그어졌다.
사도관은 말은 곧 포검산장을 협박하는 말이나 다름없었다.
"저희를 너무 무시하는 말씀이군요."
"무시한다고? 정말 그렇게 생각하나?"
"어차피 알고 오셨다니 더 이상 속이지 않고 말씀드리지요. 용검회가 지난 수백 년간 강호에서 건재할 수 있었던 것은, 결코 운이 좋아서만이 아닙니다."
"용검회가 한 가락 한다는 것쯤은 나도 아네. 안휘에서 이미 한바탕 싸워봤으니까."
섭장천이 급히 사도관의 말을 막았다.
"관 대협······."
그 이야기를 하게 되면 옥룡주에 대한 사건을 은밀히 파헤치기도 전에 용검회와 한바탕 싸워야 할지 몰랐다. 달랑 셋이서, 천하의 용검회를 상대로 말이다.
하지만 사도관은 개의치 않았다. 이판사판이었다.
"괜찮아. 어차피 단 형을 내주지 않으면 한바탕해야 하는데, 말 못할 게 뭐 있어?"
사도관이 손을 휘휘 젓는데, 순우연이 의아한 표정으로 반문했다.

"안휘에서 싸워요? 그게 무슨 말씀이십니까? 설마 저희 용검회와 싸웠다는 말씀은 아니겠지요?"

"못 들었나?"

"무슨 말씀이신지……?"

사도관은 순우문을 쳐다보았다.

"귀하는 알 것 같군요. 그래도 용검회의 간부 같은데, 설마 우리를 죽이겠다고 수십 명이나 보낸 일을 모르지는 않겠지요?"

순우문도 어리둥절한 표정을 지었다.

"그게 무슨 말이오? 당신들을 죽이겠다고 수십 명을 보내다니?"

사도관은 순우문과 순우연을 쓱쓱 빠르게 번갈아 보았다. 그러더니 고개를 모로 꼬고 다시 물었다.

"옥룡주를 훔친 적 없습니까?"

순우문이 벌컥 화를 냈다. 힘이 모자라다고 자존심까지 접을 수는 없었다.

"그게 무슨 엉뚱한 소리요?"

"그 일을 숨기기 위해 사람을 죽이고, 천구사에 불을 지른 적이 없습니까?"

"이 사람이 진짜……!"

"우리를 죽이겠다고 안휘까지 수십 명의 고수를 파견한 적 없습니까?"

"어디 와서 감히 계속 헛소리를 지껄인단……!"

순우문이 벌게진 얼굴로 노성을 내지를 때다.
순우연이 손을 들어 순우문을 말렸다.
"잠깐만 기다리십시오, 숙부님!"
"연 조카! 저 말을 듣고도 참아야 한단 말인가?"
"그게 아닙니다. 아무래도 이상한 점이 있어서 그럽니다."
"이상한 점?"
순우연은 순우문의 의문에 더 답하지 않고 사도관에게 물었다.
"조금 전 말씀, 정말입니까?"
"그럼 우리가 미쳤다고 용검회를 찾기 위해 안휘에서 여기까지 온 줄 아나?"
"그들이 용검회의 사람이라는 걸 어떻게 확신하십니까?"
사도관이 척, 턱을 치켜들고 말했다.
"증거라면 한보따리 있지. 물론 물증으로. 그 외에 간접적인 증거도 있고 말이야."
순우연은 잠시 말을 못했다. 순우문도 그제야 뭔가 이상함을 느끼고 사도관만 바라보았다.
섭장천은 그 광경을 보며 묘한 기분이 들었다.
마치 미리 짜놓은 각본대로 흘러가는 것 같았다.
분명 싸움이 벌어져야 정상인 상황인데, 오히려 옥룡주 사건이 풀려가고 있지 않은가.
사도관이 현명하게 대처해서 그런 것인지, 아니면 운이 좋아서 그런 것인지 도무지 알 수가 없었다.

그때 광효가 말했다.

"단혼분광을 봤다. 그 검은 분명 용검회의 검이다. 부인할 생각하지 마라!"

순우문과 순우연의 표정이 급변했다.

단혼분광은 용검회의 수많은 검 중 하나에 불과했다. 다만 분명한 것은 그 특징이 확연하고, 용검회의 사람만이 그 검을 쓴다는 것이었다.

순우문이 곤혹스런 표정으로 반문했다.

"그게 진짜 단혼분광인지, 누가 흉내 낸 것인지 어떻게 안단 말이오?"

광효의 눈에서 불길이 일었다.

"그럼 다른 걸 말해주지! 검강이 청룡으로 변해서 달려들었다. 비늘 하나하나가 검강의 파편으로 이루어진 것이었다. 그것도 아무나 흉내 낼 수 있는 검이냐!"

순우문은 입을 반쯤 벌렸다. 순우연도 눈을 부릅뜨고 나직이 되뇌었다.

"설마…… 청룡무흔검……?"

그때 사도관이 수염을 쓰다듬으며 고개를 갸웃거렸다.

"승 형, 이 사람들은 정말 모르는 모양인데요? 거 참, 이게 어떻게 된 거지?"

순우연이 가까스로 정신을 차리고 침중한 목소리로 말했다.

"관 대협, 저와 함께 가셔서 제 아버님을 만나보시지요."
"자네 아버님을?"
"아무래도 숙부님이나 제가 감당할 이야기가 아닌 것 같습니다."
순우문도 같은 생각인지 반대하지 않았다.
청룡무혼검.
그것은 분명 용검회의 검이었다. 그것도 아무나 익힐 수 있는 게 아니고, 핵심 간부 이상이 되어야만 익힐 자격이 있었다. 흉내 낸다고 해서 흉내 낼 수 있는 것도 아니고.
만일 누군가가 그 검을 펼쳤다면, 절대 단순한 일로 치부할 수 없었다.
까짓 거, 두려울 게 뭐 있을까?
사도관은 호쾌하게 대답했다.
"좋아! 만나보세! 승 형, 섭 공자, 괜찮겠지?"
이미 결정해 놓고 묻기는.
섭장천은 쓴웃음을 지으며 고개를 끄덕였다.
"저야 괜찮습니다."
광효야 아무래도 좋았다.
"아, 미, 타, 불! 허튼수작 부리면 이곳이 지옥으로 변할 것이니……."
순우연은 속으로 한숨이 나왔다.
'후우, 도대체 이 사람들은…….'

이곳이 용검회의 총단이란 걸 알면서도, 한바탕 난리가 날 거라는 둥, 지옥으로 변할 거라는 둥, 자신만만한 사도관과 광효가 그로선 도무지 이해되지 않았다.

아버님을 만나면 조금 달라지지 않을까?

그는 그런 기대를 하며 몸을 돌렸다.

"저를 따라오시지요."

"앞장서게."

턱, 뒷짐을 진 사도관은 속으로 즐거워 미칠 것 같았다.

'흐흐흐, 내가 용검회의 기를 팍 꺾어버리는 걸 마누라가 봤어야 하는데.'

순우연의 부친인 순우겸은 회주인 순우곤의 첫째 아들로, 포검산장 삼전 중 용천전의 주인이었다.

그는 순우연의 이야기가 끝나자, 굳은 표정으로 사도관 일행을 쳐다보았다.

포검산장이 용검회의 총단이라는 걸 알고 있다는 것만으로도 단순한 일이 아니었다. 하지만 안휘에서 벌어졌다는 일에 비하면 그것은 아무것도 아니었다.

그는 무거운 표정을 감추지 못한 채 사도관을 향해 입을 열었다.

"그 이야기가 사실이라는 것을 책임질 수 있소?"

사도관이 턱을 쳐들고 대답했다.

"믿든 말든 그건 알아서 하십시오. 귀하가 믿지 않는다 해서 사실이 변하지는 않으니까 말입니다."

"으음……."

나직이 신음을 흘린 순우겸은 먼저 한 가지 사실을 알려주었다.

"청룡무혼검이 본 회의 검이긴 하나 포검산장의 검은 아니오. 어쩌면 그대들의 생각보다 일이 더 복잡하게 흐를지도 모르겠소."

"용검회의 검이긴 하나 포검산장의 검은 아니다? 그럼 용검회가 갈라져 있단 말씀입니까?"

사도관이 눈을 크게 뜨고 물었다.

순우겸은 씁쓸한 표정으로 고개를 끄덕였다.

"그렇소."

"그럼 한 곳은 어디에 있습니까?"

"그 일에 대해선 내 마음대로 말해 줄 수가 없소. 그보다 일단 숙부님을 만나봅시다. 그 이야기를 들으면 숙부님께서도 마음이 바뀔지 모르겠소."

3.

순우겸의 숙부인 순우만은 작은 키에 둥근 얼굴을 지닌 평범한 노인이었다. 마치 옆집 할아버지처럼.

사도관은 그를 본 순간 가슴이 울컥했다.

'꼭 돌아가신 사부님처럼 생겼군.'

순우만은 고개를 갸웃거리며 사도관을 바라보았다.

"왜 그런 눈빛인가?"

사도관은 솔직히 말했다.

"제 사부님과 닮으신 분을 뵈니 갑자기 돌아가신 사부님 생각이 나서요."

순우만은 빙그레 웃으며 고개를 끄덕였다.

그는 순박해 보이는 사도관이 마음에 들었다. 꼭 자신의 젊은 시절을 보는 듯했다. 고집은 어떨지 몰라도.

"그래? 허허허, 그리 앉게."

"예, 어르신."

분위기가 갑자기 이상하게 흘렀다.

심각한 이야기를 하기 위해 왔는데, 그 모습을 보니 쉽게 입이 떨어지지 않았다.

그런데 순우만이 물었다.

"그래, 무슨 일로 왔는가?"

순우겸이 그간의 일을 이야기하고, 사도관으로부터 들은 이야기도 해주었다.

순우만의 눈썹이 서서히 위로 올라갔다. 그러더니 나중에는 역팔자로 꺾어졌다.

"그 미친놈들이……!"

"숙부님, 아직 확인되지 않았으니……."

"확인할 것도 없다! 그놈들이라면 충분히 그러고도 남을 놈들이다. 너도 알지 않느냐?"

순우겸은 입을 닫았다.

그는 순우만이 무슨 말을 하는지 너무나 잘 알았다. 지난 수십 년간 그들로 인해서 긴장을 늦추지 못하고 살아왔으니까.

"만약 사실이라면, 지금으로선 두 가지 방법밖에 없습니다. 용검령을 발동해서 전면 조사를 하든가, 아니면 상황을 보면서 그들의 움직임에 대응하던가. 숙부님의 의견을 듣고 싶습니다."

순우만은 이마를 씰룩이더니 끄응, 소리를 내며 의자에 앉았다.

"회주님의 몸 상태가 좋지 않으시니, 당장 놈들을 추궁하는 건 문제가 있을 것 같구나. 어차피 순순히 응할 놈들도 아니고 말이다."

"하오면……."

순우만의 눈이 사도관을 향했다.

"옥룡주에 대한 일은 자네들만의 일이 아니네. 우리 역시 그 일을 철저히 파악해서 그들을 추궁할 작정이네. 그러다 보면 시간이 좀 걸릴 게야. 어떤가? 어차피 자네들만으로 그 일을 해결할 수 있는 것도 아니니, 바쁘지 않다면 급하게 마음먹지 말고 시기가 무르익을 때까지 기다려줬으면 좋겠는데."

아무래도 용검회의 내부문제와 얽혀 있는 것 같다.

그렇다면 미친놈처럼 이리저리 뛰어다니는 것보다 이들과 손을 잡고 움직이는 게 나을 것이었다.

"하, 하. 바쁜 것은 없습니다만, 그렇다고 하염없이 기다릴 수도 없는 일……. 어느 정도나 걸릴 것 같습니까?"

"당장 기한을 말하기는 힘들고……. 최대한 빨리 진행해 보지."

순우문은 어정쩡하게 대답하고 순우겸을 향해 고개를 돌렸다.

"아마 회주님의 병이 중하다는 게 알려지면, 더 참지 못하고 야욕을 드러낼 게야. 회주님께는 죄송하지만, 그 점을 이용해 보기로 하자."

"굳이 그럴 필요까지 있겠습니까?"

"나라고 해서 그러고 싶겠느냐? 놈들과 정면충돌을 하게 되면 자칫 본회가 위험해질까 봐 그러는 거지."

순우겸은 착잡했지만, 현재로선 마땅한 방법이 없었다.

"알겠습니다. 그럼 숙부님의 말씀을 참작해서 계획을 세워 보겠습니다. 그리고 저분의 일행은……."

순우만이 힐끔 사도관을 쳐다보았다.

"생각 같아서는 뼈만 남을 때까지 괴롭히고 싶었는데, 자네를 봐서 풀어주겠네."

광증이 있는 그조차 사부의 법명을 듣고 흔들리지 않을 수 없었다.
 "아, 미, 타, 불."
 "미친놈이 꼴에 염불은……."
 광효는 그 말에 슬며시 눈길을 돌렸다. 계속 보고 있으면 광기가 터질 것 같았다.
 순우만은 그 모습에 피식 웃고는 순우연을 바라보았다.
 "네가 당분간 이들을 따라다니도록 해라."
 "예, 조부님."
 순우만의 눈이 사도관을 향했다.
 "동방가가 움직이면 연아를 통해 연락하겠네."
 "알겠습니다."
 사도관으로선 마다할 이유가 없었다. 심부름꾼 하나 생겼다고 생각하면 될 일이었다.
 '그동안 나민과 함께 장안 일대나 구경 다녀야지. 화청지에도 가끔 가고.'

1.

사도무영은 거처에 도착하자마자, 사람들이 자신의 방으로 몰려올 걸 대비해서 미리 선수를 쳤다.

"오늘 밤에는 내일의 마지막 대결을 위해 밤새 운기를 할 생각입니다. 그러니 아무도 찾아오지 않았으면 합니다."

내상 입은 걸 눈으로 본 터였다. 감평악은 할 말이 많았지만, 하루를 더 참기로 했다.

"하하, 아무래도 그래야겠지. 내상을 빨리 회복하길 바라겠네."

반면 감교악은 담담히 웃기만 하고 곧장 자신의 방으로 향했다. 몇 마디 할 힘조차 아껴야 했다.

사도무영은 고개를 숙여 보이고 몸을 돌렸다.

'어제보다 더 심해진 것 같군. 내일 아침까지 견딜 수 있을지 모르겠어.'

옷으로 가려진 목덜미 쪽에 반점이 보였다. 눈의 흰자위에도 깨알 같은 점이 생겼다.

어제만 해도 없던 것이었다. 하루 사이에 심장 부근에 뭉쳐 놓은 독기가 몸 전체로 퍼져나가는 것 같았다.

2.

반도 비지 않은 찻잔은 싸늘하게 식은 지 오래.

사도무영은 차 마시는 것을 잊기라도 한 것처럼 허공에 시선을 둔 채 움직이지 않았다.

얼마나 그 모습이 심각해 보였는지, 적소연은 그에게 말을 걸 엄두도 내지 못했다.

'내일의 마지막 대결 때문에 긴장하셨나 봐.'

침상에 쪼그리고 앉은 그녀는 두 손으로 턱을 괸 채 사도무영의 옆모습을 쳐다보기만 했다.

그 일 외에는 사도무영이 저리 고민할 일이 없을 거라는 생각이었다. 하지만 사도무영이 심각한 것은 그 일 때문이 아니었다.

사도무영이 자리에서 일어난 것은, 적소연이 그 자세 그대로 꾸벅꾸벅 졸 무렵이었다. 소리 없이 일어난 그는 손을 가볍게 저어 적소연을 그대로 잠에 빠뜨렸다.
졸고 있던 중이니 나중에 깨어나도 무슨 일이 있었는지 모를 터였다.

도담은 그때와 마찬가지로 담장에 등을 기댄 채 사도무영을 기다리고 있었다.
사도무영이 나타나자 담에서 등을 뗀 그가 입을 열었다.
"왜 보자고 한 건가?"
사도무영은 주위를 둘러보고는, 슬쩍 고갯짓을 하며 말했다.
"저쪽이 조금 조용할 거 같은데, 저리 가죠."
그가 가리킨 곳은 깎아지른 절벽 밑의 암석지대였다. 거리는 대충 봐도 백 장 가까이 되었다. 그곳에는 집채만 한 바위들이 널려 있었는데, 워낙 험해서 건물도 사람도 없었다.
도담은 아무것도 묻지 않고 순순히 사도무영을 따라 그곳으로 갔다.
집채만 한 바위 사이를 누비던 사도무영은 최대한 깊숙이 들어간 후 공터가 나오자 걸음을 멈췄다.
공터의 넓이는 십 장 정도. 사방이 꽉 막힌 곳이어서, 크게 소리치지만 않는다면 어지간한 말은 밖에서 들리지 않을 것 같았다.

"왜 이렇게 외진 곳까지 데려온 건가?"

도담이 그제야 물었다.

사도무영은 바로 대답하지 않고 공터를 빙 돌았다.

그냥 도는 것이 아니었다. 간혹 손가락으로 바위 위에 글자를 쓰기도 하고, 어느 곳에다가는 나뭇가지를 꽂기도 했다.

사도무영은 그렇게 한 바퀴 공터를 돌고 나서야 이유를 말했다.

"우리, 여기서 한 판 붙어보죠. 간단하게 진세를 설치했으니 소리는 밖으로 거의 나가지 않을 겁니다."

"나는 자네의 상대가 아니네. 내가 진 걸로 하지."

"하기 싫어도 해야 합니다. 그냥 편하게 내 요구조건이라 생각하십시오."

사도무영이 의외로 강하게 요구하자, 태연하던 도담의 표정이 서서히 변했다.

"왜 나와 싸우려고 하는 거지?"

"그건 나중에 말해드리죠."

"만일 내가 끝까지 않겠다면?"

"그럼 손해를 많이 보실 겁니다. 나는 도 형이 손을 쓰지 않아도 공격을 계속 할 거니까."

"자네 정말 억지를 부릴 건가?"

"자, 시작하지요."

사도무영은 도담의 말을 귓전으로 흘려버리고 갑자기 장력을 날렸다.

도담은 다급히 옆으로 몸을 피했다.

쾅!

장력에 바위가 부서지며 잘게 부서진 돌덩어리가 허공으로 튀었다.

그제야 도담의 표정이 차갑게 굳어졌다.

사도무영의 장력에 바위를 부술 강력한 힘이 실려 있다. 장난이 아니라는 말.

맞받지 않고 언제까지 피할 수는 없는 일. 그는 싸늘한 안광을 빛내며 검을 빼들었다.

"원한다면 상대해주지."

'네가 강한 것은 안다만, 나를 이기기는 쉽지 않을 것이다!'

사도무영도 도를 빼들었다. 그리고 도담을 노려보며 무심한 어조로 말했다.

"전력을 다해야 할 겁니다. 실력을 숨길 생각은 아예 마십시오."

그 말이 끝나자마자 도가 어둠을 갈랐다.

쉬이익!

일말의 사정도 봐주지 않은 일도!

도담은 혈우검을 펼치며 사도무영의 도세를 차단했다.

두 사람의 도와 검이 어둠을 찢어발기며 순식간에 수십 번이나 격돌했다.

집채만 한 바위가 소리를 차단하지 않았다면, 진세를 펼쳐서 소리를 차단하지 않았다면, 그들의 격돌음이 묵천곡 전체로 퍼져나갔을 것이었다.

아수라구도식으로 도담을 상대하던 사도무영이 갑자기 도를 거둔 것은 이십 초가 지날 즈음이었다.

퍽!

도를 바닥에 꽂은 사도무영이 두 손을 휘둘렀다. 풍뢰수를 펼친 것이다.

콰르릉!

거대한 손 그림자가 벽력음을 일으키며 도담의 검을 봉쇄해 버렸다.

사도무영의 도를 막으며 진땀을 흘리던 도담의 얼굴이 참담하게 일그러졌다.

거대한 손 그림자에 대기가 짓눌리는 게 피부로 느껴졌다.

숨이 턱 막혔다.

검을 든 손이 무겁게 느껴지고, 두 다리에 만 근짜리 철추가 달린 것만 같았다.

'대체 이, 이건……'

믿을 수 없게도 사도무영의 손은 도보다도 더 강력했다.

어설프게 대항했다가는 심각한 내상을 입을지 몰랐다.

그는 더 이상 버틸 수 없다는 걸 알고 검을 든 손에 힘을 주였다. 그리고 누구도 모르는 자신만의 기운을 끌어올렸다.

후우웅!

그의 전신에서 기이한 기운이 일렁였다. 손에 들린 검에서도 두 자 길이의 핏빛 검강이 죽 뻗어 나왔다.

초혼혈기(招魂血氣)라는 마공이 그를 통해서 수백 년 만에 모습을 드러낸 것이다.

"이제 나오는군!"

냉랭히 소리친 사도무영은 두 손을 교차시켰다.

콰우우우!

대기를 짓누르던 수영이 빠르게 휘돌며 폭풍을 일으켰다.

찰나, 도담이 검을 내지르며 폭풍의 한가운데로 뛰어들었다.

수라삼검 중의 어떤 검도 아니었다. 처음 보는 검이었다.

사도무영은 눈 한 번 깜박이지 않고 도담의 검세를 풍뢰수로 얽어맸다.

그렇게 삼초의 공방이 일순간에 이루어졌다.

이를 악문 도담은 필사적으로 풍뢰수의 그물에서 벗어나려 발버둥쳤지만, 사도무영은 그의 검을 놔주지 않았다.

그러다 어느 순간, 얽혀든 두 사람의 기운이 굉음과 함께 터져 나갔다.

콰광!

"크윽!"

도담이 신음을 흘리며 뒤로 튕겨졌다.

스윽, 앞으로 나아간 사도무영은 도담을 향해 두 손을 휘둘렀다.

도담은 뒤로 물러서면서도 사도무영의 손에서 눈을 떼지 않았다. 그는 악착같이 검을 뻗어서 밀려드는 손 그림자를 쳐냈다.

퉁!

검강이 서린 도담의 검을 좌수로 튕겨서 옆으로 흘려낸 사도무영은 도담에게 바짝 다가서며 우수를 뻗었다. 바람에 하늘거리는 것처럼 보이는 그의 신형은 눈으로 잡기 힘들만큼 빨랐다.

도담이 피하려 했을 때는, 얼굴만큼이나 큰 수영이 이미 옆구리를 강타한 뒤였다.

퍽!

끝내 도담의 몸뚱이가 바닥을 굴렀다.

한데 사도무영은 손을 멈추지 않고, 바닥을 구르는 도담을 향해 다시 일장을 날렸다.

쾅!

도담은 서너 바퀴를 더 구른 다음에야 멈췄다.

사도무영은 차가운 눈으로 도담을 응시했다.

"일어나시죠."

도담은 안간힘을 다해 땅을 짚고 몸을 반쯤 세웠다.

그가 고개를 들자, 사도무영이 다시 그를 후려쳤다.

퍽!

"커억!"

"일어나시죠. 그 정도는 우리 수라단 사람들도 견딜 수 있는 수준입니다."

퍼벅! 퍽!

도담이 겨우 몸을 일으키면 여지없이 사도무영의 손이 도담의 몸을 두들겼다.

세 번, 네 번, 다섯 번…….

사도무영의 구타 아닌 구타는 십여 대를 더 이어진 다음에야 멈췄다.

도담은 너덜너덜해진 걸레처럼 축 널브러져서 거친 숨만 몰아쉬었다.

사도무영은 한쪽에 꽂아놓은 도를 빼서 도집에 집어넣었다. 그리고 한쪽에 있는 바위에 앉아서 도담이 일어날 때까지 기다렸다.

도담이 일어난 것은 일 각 가량 지난 후였다.

그는 억지로 상체를 일으켜서 커다란 바위에 등을 기댔다.

흐트러진 머리가 얼굴을 반쯤 뒤덮은 상태. 입가에는 핏줄기마저 보였다. 그런데 희한할 정도로 옷은 한군데도 찢어진 곳이 없었다.

"후욱, 후욱……. 크으……. 왜…… 왜…… 이러는…… 거지?"

 "당신이 하도 멍청해 보여서. 그냥 나쁜 놈이었으면 죽이고 말았을 텐데, 그렇게 나쁜 놈은 아닌 것 같고, 그냥 멍청한 사람 같아서 때리기만 한 거요. 많이 맞다 보면 머리가 트일 때도 있으니까. 우리 수라단 사람들도 몇 사람이 그렇게 해서 머리가 트였죠."

 어이가 없는 말이었다. 듣고도 자신이 무슨 말을 들었는지 이해하기가 어려웠다.

 "그래도…… 머리가 안 트이면?"

 "그럼 별수 없죠. 죽이는 수밖에. 죽고 싶으면 말하쇼. 지금이라도 목을 잘라줄 테니까?"

 도담은 잘게 떨리는 손을 들어 눈을 가린 머리카락을 치웠다. 그리고 바위에 앉아 있는 사도무영을 노려보았다.

 강하다는 건 알고 있었다. 구천쌍령까지 올라간 사람이니까. 자신이 이길 수 있는 확률이 이 할도 안 되는 백사청을 이긴 사람이 아닌가.

 하지만 설마 이 정도일 줄은 꿈에도 생각지 못했다.

 초혼혈기를 사용하고도 무력하게 무너지다니.

 자신이 알고 있는 것이 전부가 아니라는 말이었다.

 아니 반이나 되려나?

 '크크크, 이자를 몰라도 너무 몰랐군. 진짜 멍청한 놈이다, 너는.'

아무리 그래도 그렇지, 죽고 싶으면 죽여준다는 말은 너무 심하게 들렸다. 그 말을 들으니 평소의 죽고 싶다던 마음이 싹 달아났다.

그는 이렇게 두들겨 맞고, 목이 잘려서 죽고 싶지 않았다. 죽고 싶기는커녕 그 생각을 하자 입이 바짝 말랐다.

"이유를 알고 싶군. 분명…… 이유가 있을 것 같은데 말이야."

"때린 이유가 따로 있을 거라고 생각하다니, 조금은 막힌 곳이 트인 것 같군요. 내 말이 맞지요? 맞으면 머리가 트인다는 거. 하지만 아직은 덜 트인 것 같으니까 몇 대 더 맞기로 하죠."

사도무영은 남의 일처럼 말하며 바위에서 일어났다.

도담은 자신도 모르게 필사적으로 머리를 굴렸다. 그리고 사도무영이 일 장 앞까지 다가왔을 때, 어떤 생각이 번쩍 머리에 떠올랐다.

그는 사도무영이 손을 들어 올리자 다급히 물었다.

"혹시…… 종주가 시킨 거냐?"

사도무영은 들어 올린 손을 내리고, 물끄러미 도담을 바라보았다.

"확실히 많이 나아졌군요. 몇 대만 더 때리면 더 확실하겠는데……"

도담은 바로 옆에 아무렇게나 놓여 있는 검을 향해 슬그머니 손을 뻗었다. 손을 뻗는 것조차 괴로울 정도로 몸이 말을 안 들었지만, 이대로 가만히 앉아서 당할 수는 없었다. 맞아 죽더라도 마지막 반항은 해보아야 했다.

그러나 사도무영은 손을 내리고 다시 바위가 있는 곳으로 돌아가 앉았다.

"종주와 관련이 있긴 하지만, 당신을 때린 것은 종주가 시켜서 그런 게 아닙니다."

도담의 얼굴에 곤혹한 마음이 그대로 드러났다.

종주와 관계되었다는 말에서 뭔가를 짐작하는 것은 어렵지 않았다. 그런데 종주가 시킨 일이 아니라는 게 또 의문이었다.

사도무영이 그의 의문을 풀어주었다.

"종주는 당신을 죽이지 말라고 했지요. 그래도 당신에게는 미안한 생각이 있었나 보더군요."

도담은 부서질 정도로 이를 악물었다.

이 부서지는 소리가 귓전에 들리는 것처럼 느껴졌다.

"종주가…… 나를 죽이지 말라고 했다고?"

"그렇습니다. 그런데도 내가 당신을 이곳으로 데려와서 팬 것은, 당신이 멍청하게 이용만 당하는 게 하도 화가 나서 그런 거요."

"무, 무슨……."

"하긴 감평악이나 감중악처럼 나름 똑똑하다는 자들도, 자신이 이용당하고 있다는 걸 모르고 있으니 당신만 탓할 것도 아닙니다만……."

사도무영은 길게 말을 끌며 도담을 바라보았다.

"내일 날이 샐 때까지 이곳에서 운기하며 지내십시오. 더 자세한 이야기는 내일 해주지요."

무심한 어조로 그렇게 말한 사도무영은 더 들을 것 없다는 듯 몸을 돌렸다. 그리고 훌쩍 몸을 날려 집채만 한 바위를 넘어서 그곳을 떠났다.

도담은 가고 싶어도 갈 수가 없었다. 충격이 하도 커서 일어서는 것조차 힘든 그에게 집채만 한 바위는 태산보다 훨씬 더 높았다.

게다가 사도무영은 진세를 풀지 않고 그냥 가 버린 상태였다.

다급히 사도무영을 부르려 했을 때는, 이미 사도무영이 사라진 후였다.

문득 어떤 생각이 머리를 스치자 소름이 끼쳤다.

'혹시…… 나를 이곳에 남겨 두려고 이렇게 팬 건가?'

그런데 왜?

3.

도담과 정답게(?) 수담(手談)을 나누고 헤어진 사도무영은 방으로 돌아가지 않았다.

 암석지대에서 나온 그는 건물이 밀집한 곳을 우회해서 계곡 물이 흐르는 곳으로 갔다.

 계곡물을 따라 올라간 뒤 우거진 숲속으로 들어가자 몇 개의 연못이 보였다.

 계단식으로 이루어진 연못은 모두 네 개. 넓이는 백여 평에서 오백여 평까지 모두 달랐다.

 연못가에 도착한 사도무영은 주위를 둘러보며 감탄을 금치 못했다.

 달빛에 비친 바닥의 색깔은 황금이 깔린 듯 노란색이었는데, 그래서 황운담이라는 이름을 붙인 듯했다.

 '신비한 곳이군.'

 그는 아름다운 주위 풍경을 둘러보며 천천히 연못가를 걸었다.

 새소리와 물소리만이 서늘한 밤공기를 타고 맑게 울렸다.

 자신에게 전음을 보낸 호당은 아직 오지 않은 듯했다.

 반각에 걸쳐 계단식 연못의 제일 위쪽에 올라간 그는 아래쪽에 펼쳐진 아름다운 연못을 바라보며 생각을 정리했다.

 '저들이 사부를 순순히 내주지는 않겠지? 수라령으로 요구하면 들어줄까? 흐음, 방법이 전혀 없지는 않을 것 같은데······.'

 차곡차곡 생각을 쌓아간 사도무영이 결론을 내릴 즈음 인기

척이 느껴졌다. 날벌레의 움직임보다 작은 기척이었다.

숲속의 벌레가 내는 소리일 수도 있었다. 그러나 사도무영은 그것이 인간의 기척임을 조금도 의심하지 않았다.

대자연의 기운과 이질적으로 느껴지는 탁한 기운. 그러한 기운을 흘려낼 존재는 하늘 아래 인간뿐이었다.

"오셨으며 나오시죠?"

사도무영은 여전히 연못에 시선을 둔 채 인기척의 주인을 불러냈다.

숲속에서 한 사람이 걸어 나왔다. 머리가 하얗게 센 노인이었는데, 키가 작고 얼굴이 검었다. 그리고 가래가 목에 걸린 사람마냥 칼칼한 목소리를 지니고 있었다.

"생각보다 일찍 왔군."

천천히 몸을 돌린 사도무영의 표정이 살짝 굳어졌다.

숲속에서 나온 자. 그는 북궁마야의 뒤에 서 있던 현천교의 장로들 중 한 사람이었던 것이다.

사도무영의 일 장 앞에서 걸음을 멈춘 그가 먼저 자신을 소개했다.

"내가 자네를 부른 호당이네."

"무슨 일로 저를 만나자고 하신 건지요?"

사도무영을 뚫어지게 바라보던 호당이 느릿한 목소리로 물었다.

"종리고명과 가까운 사이라 들었네만, 어느 정도 가까운 사이인가?"

 그 말을 하는 호당의 눈빛이 가늘게 떨렸다. 달빛 때문인지 마음의 격동이 더 확실하게 느껴졌다.

 "그분에게 현천교에 대한 걸 많이 들었지요. 귀하의 이름 역시."

 현천교에 대한 비밀을 말해줄 정도는 된다는 뜻.

 사도무영은 대충 돌려서 대답했다. 아직은 호당이 자신을 왜 만나자 했는지 이유를 모르는 상태. 확실한 판단이 서기 전까지 자신을 모두 드러내선 안 되었다.

 "정말 구천신교의 사람이 되려고 이곳에 온 것인가?"

 "그럼 제가 무엇 때문에 수라종파의 사람이 되었다고 보십니까?"

 사도무영은 답을 호당에게 넘겼다. 모호한 말투에 온전히 그런 목적만은 아니라는 뜻을 함축시킨 채.

 호당은 사도무영을 세세히 살펴보았다.

 흔들림 없는 맑은 눈빛. 욕망이 티끌만치도 느껴지지 않았다. 거기다 되묻는 말뜻도 묘했다.

 그는 모험을 해보기로 했다. 어차피 이곳으로 불러내면서부터 그럴 작정이었다. 시간이 없으니까.

 "혹시…… 대제사장께서 어떻게 되셨는지 알아보기 위해서 온 것은 아닌가?"

 "그분은 오래전에 돌아가셨다고 들었습니다. 한데 제가 그분에 대한 걸 안다 해도, 이제 와서 뭘 어떻게 하겠습니까?"

"할 일이 전혀 없는 것은 아니지. 종리고명은 충실한 현천교의 교도였네. 또한 대제사장의 오른팔이나 다름없었고 말이야. 자네가 진정 그와 가까운 사이라면 그 정도는 알 거라고 보네만."

"그거야 알지요. 하지만 지금은 과거의 현천교가 아니지 않습니까?"

"율법이 바뀌었다고 해서 현천교 자체가 사라진 것은 아니네. 겉으로는 완벽히 바뀐 것 같지만, 과거의 현천교를 그리는 사람이 아직도 적지 않다네."

사도무영도 그럴 거라는 생각은 했었다. 아무리 힘으로 억눌러도 어딘가에는 과거를 그리워하는 사람이 있게 마련이었다. 더구나 종교적인 문제라면 더욱 그랬다.

그런데 호당도 그런 사람 중 하나일까?

사도무영은 호당을 똑바로 바라본 채 강한 어조로 다그쳤다.

"제가 들은 대로라면, 귀하께선 그리 말씀하실 자격이 없는 것으로 압니다만."

호당의 눈빛이 더욱 거세게 흔들렸다.

"종리고명이 그리 생각했다 해도 할 말은 없네. 하지만 그가 미처 모르는 게 하나 있다네. 내가 원해서 대제사장에게 등을 돌린 것이 아니라는 걸 말이야."

"무슨…… 말씀입니까?"

"그때는 그럴 수밖에 없었네. 대제사장께서 오래전에 그리 명령하셨으니까. 언젠가 때가 되면 당신의 등에 칼을 꽂으라고……. 그렇게 해서라도 살아서, 당신의 부탁을 들어달라고 하셨지."

사도무영의 표정이 딱딱하게 굳었다.

거짓으로 하는 말일 수도 있었다. 그러나 조화설에게 들은 대로의 조광옥이라면, 충분히 그런 명령을 수하에게 내릴 수 있는 사람이었다.

"대체 얼마나 중요한 부탁을 하기 위해서 거짓 배신을 하라고 했단 말씀입니까?"

"종리고명은 몰랐을지도 모르겠네만, 그분에게 손녀가 하나 있다네."

호당의 말이 떨어진 순간, 사도무영은 이를 악물었다.

그 말만으로도 모든 것을 알 것 같았다.

뒤이은 호당의 말이 종소리처럼 머릿속을 흔들었다.

"대제사장께서 그러셨네. 손녀를 밖으로 빼돌리긴 하지만, 머지않아 잡혀 올 거라고 말이야. 그러니 잡혀 오거든 최대한 보살펴 달라고 하셨지. 나중에 다시 도망칠 수 있을 때까지 말이네."

"잡혀 올 걸 알았다면서 왜 내보냈단 말입니까?"

미세하나마 격앙된 목소리.

하지만 호당은 그 차이를 느끼지 못하고, 이마를 찌푸린 채 과거의 기억을 머릿속에서 끄집어냈다.

 "나도 그게 궁금했다네. 해서 그럴 바에는 차라리 밖에서 겪을 고통이라도 덜 겪게 해야 할 것 아니냐고 했지. 그런데 대제사장께서 그러시더군. 혼돈 속에 뛰어들지 않고는 살아날 방법이 없는데, 밖으로 나가지 않으면 그럴 기회조차 오지 않을 거라고 말이야."

 무슨 말인지 정확히 알 수는 없었다. 다만 밖으로 나가야 그나마 살 수 있는 길이 있다는 소리로밖에 안 들렸다.

 좌우간 중요한 것은, 나가도 잡혀올 것까지 예측했다면, 그 다음의 말도 결코 허황된 말만은 아니라는 사실이었다.

 사도무영은 슬쩍 호당을 떠보았다.

 "혹시 대제사장의 손녀 분께서 삼공자인 현유의 거처에 있지 않습니까?"

 "그렇다네."

 "현재 현유와 잘 살고 있는데, 굳이 이곳을 벗어날 필요가 있겠습니까?"

 사도무영은 담담히 말하려 했지만, 자신도 모르게 반쯤 비꼬는 말투가 흘러나왔다.

 그 말을 하려니 속이 끓었다. 은근히 화가 났다.

 꼭 현유에게만 그런 것이 아니었다.

 그날 창문에 비친 그 모습.

조화설에게도 화가 났다.

'여기서 잘 살고 있는데 왜 나가려고 하겠어?'

한데 그때 호당이 어리둥절한 표정을 지으며 물었다.

"무슨 말인가? 현유와 잘 살고 있다니?"

"같은 거처에서 함께 방을 쓴다고 들었습니다만. 좋아하지 않는다면 두 사람이 같은 방을 쓸 리가 있겠습니까?"

사도무영은 빠르게 말을 내뱉고 호당을 향해 조소를 지었다.

'내가 직접 봤으니 거짓말할 생각 마쇼!'

호당이 조소를 짓는 그를 향해 나직이 호통을 쳤다.

"이 사람이! 말도 안 되는 소리하지 말게! 현유가 가끔 그분을 찾아가긴 하지만, 그것은 현유가 그분을 압박하기 위해서 찾아가는 것이네. 온갖 회유를 하고 협박을 해도 현천수호령의 구결을 내놓지 않으니까 말이야. 하거늘 차마 죽지 못해서 살고 있는 분에게, 뭐야? 현유와 잘 살고 있어? 으음, 아무래도 내가 사람을 잘못 본 거 같군."

나직한 호통소리가 종 열 개를 귓전에 대고 한꺼번에 울리는 것보다 더 크게 느껴졌다.

"그럼…… 현유와 혼인을 한 것이…… 아니란 말씀입니까?"

"어허! 보자보자 하니까, 이 사람이! 지금 그분을 욕보이겠다는 건가?"

호당이 화를 내든 말든 사도무영은 아무런 생각도 나지 않앉다. 그는 오직 한 가지 생각만 하며 초조한 표정으로 다급히 되물었다.

"그러니까, 조금 전의 말씀이 사실이란 말이죠?"

"내 무슨 득을 보겠다고 자네에게 그런 거짓말을 하겠나?"

사실이란다. 조화설과 현유가 아무 사이도 아니라는 게.

머릿속은 물론이고 온몸이 울려서 아무 말도 할 수가 없었다. 입이 반쯤 벌어지긴 했는데 말이 나오지 않았다.

사도무영은 멍하니 호당을 바라보기만 했다. 넋이 반쯤 빠진 놈처럼.

잔뜩 화난 표정을 지었던 호당은 그 모습을 보고 고개를 모로 꼬았다.

"왜…… 그런 표정인가?"

호당이 슬그머니 물었다.

사도무영은 아무런 대답도 하지 않고, 히죽 웃으며 고개를 쳐들었다. 당시 창문에 비친 모습이 달 속에 비쳤다.

'맞아, 그때 현유의 모습이 유난히 컸었어. 그건 거리가 떨어져 있었다는 소리……. 이런 멍청한……. 서로 비켜 서 있는 걸, 끌어안는 것으로 착각하다니.'

"이, 이보게?"

호당이 당황하며 다시 사도무영을 불러보았다.

영락없이 제정신이 아닌 것 같았다. 왜 갑자기 이상한 행동을 하는지 그로선 도무지 알 길이 없었다.

정말 사람을 잘못 본 것인지…….

그나마 현천교에 대한 적대감은 없는 것 같았다. 오히려 대제사장을 배신한 거 아니냐며 자신을 추궁하는 걸로 봐서 현천교에 대한 정이 상당한 것처럼 보였다.

그렇다면 어떤 대가를 치르더라도 반드시 잡아야 했다. 정신적으로 조금 이상한 것처럼 보이긴 하지만, 그 문제는 어떤 식으로든 해결할 수 있을 터였다.

호당은 눈에 힘을 주고 사도무영을 똑바로 쳐다보았다.

"괜찮은가? 괜찮다면 내가 할 말이 있네. 조금 전 내가 화낸 것은 너무 깊게 생각하지 말게."

혹시나 한 그는 화낸 것을 사과했다.

그제야 사도무영이 반응을 보였다.

"현유와…… 함께 사는 게 아니다, 이 말이죠?"

갑작스런 질문에 호당이 말을 더듬었다.

"그, 그렇다니까. 사실이 아니면 내 목을 걸겠네."

사도무영이 실없이 웃으며 바보처럼 말했다.

"하, 하……. 그러니까, 그게, 그렇게 되었단 말이군요."

웃는 그의 두 눈에 물기가 고였다.

뜻을 알 수 없는 말에 이마를 찡그린 호당은 사도무영의 눈가에 고인 물기를 보고 속이 터질 것 같았다.

'진짜로 어디가 이상한 놈 아냐?'

왜 멀쩡하던 놈이 갑자기 저런 행동을 하는 거지?

분명 그럴만한 이유가 있을 텐데, 그로선 도무지 이유를 알 수가 없었다.

 사도무영이 본래의 모습으로 돌아온 것은 근 일각이 지나서였다. 연못가에 쪼그리고 앉은 그는 물을 떠 얼굴에 마구 뿌리고는, 손으로 대충 물기를 쓸어냈다.
 그러고는 황금빛 달빛이 출렁이는 연못을 바라보며 말문을 열었다.
 "대교주나 그 제자들의 섭혼마공은 절정의 고수도 견딜 수 없는 것입니다. 그런데도 그녀가 입을 열지 않았다니, 이해할 수가 없군요."
 호당은 그가 입을 연 것이 그렇게 반가울 수가 없었다.
 조금만 더 넋 빠진 모습이었으면 사도무영에 대한 기대를 버렸을지도 몰랐다.
 "그분에게는 특별한 능력이 있다네. 대교주의 섭혼공도 그분에게는 무용지물이지."
 "그들이 고문은 하지 않은 겁니까?"
 그 질문을 하기는 싫었지만, 하지 않을 수가 없었다.
 여자라고 해서 봐줄 자들이 아니었다. 한데도 아무런 이유 없이 고문을 하지 않았다면 그 자체가 이상한 일인 것이다.
 그런 질문을 할 줄 예상했다는 듯 호당이 지체 없이 대답했다.

"만약 그분을 고문했다면, 대교주는 아무것도 얻지 못하고 많은 것을 잃었을 거네. 그도 그걸 잘 알고 있지. 물론 고문을 했어도 입을 열지 않으셨을 분이지만."

많은 뜻이 함축되어 있는 말이었다.

사도무영은 천천히 고개를 돌려 호당을 직시했다.

"많은 것을 잃었다? 과거 대제사장을 추종하던 사람들이 모반이라도 했을 거란 말씀입니까?"

"솔직히 모반을 일으킬 정도의 힘은 없네. 대신 암암리에 많은 사람을 죽이고, 대교주의 계획을 방해할 정도는 되지. 그럼 적어도 구천신교의 강호진출을 십 년은 늦출 수 있을 거네."

호당의 말에는 허점이 없었다. 이미 그럴 거라는 확신을 가지고 있음에도 그 말을 들으니 가슴이 터질 것 같았다.

마음 같아서는 당장 조화설에게 달려가고 싶었다.

그녀는 아직도 자신을 기다리고 있을지 몰랐다.

늦게 와서 미안하다고, 오해해서 미안하다고, 누이를 한시도 잊은 적이 없다고 말해주고 싶었다.

하지만 지금 당장은 아니었다.

냉정한 마음, 철저한 계획, 신속한 행동.

그것만이 그녀를 무사히 구할 수 있는 최선의 방책이었다.

사도무영은 일어서서 호당을 똑바로 쳐다보았다. 조금 전의 멍한 눈빛이 아닌, 어둠이 온통 그의 눈 속에 내려앉은 것처럼 무심한 눈빛으로.

"좋습니다, 호 장로님의 말씀이 다 옳다고 하죠. 제게 뭘 바라는 겁니까?"

완전히 달라진 그의 눈빛에 호당은 가슴이 묵직해졌다.

입을 여는 동안 손가락 하나도 움직이기가 버거웠다.

"그분을 이곳에서 빼돌릴 생각이네. 자네에게는 아무 피해도 가지 않게 할 것이니, 우리를 좀 도와주게나."

도와달라고?

따로 도와줄 것도 없었다. 그건 호당이 할 일이 아니라, 자신이 해야 할 일이었다.

그래도 일단은 호당의 말을 들어보기로 했다. 도와달라고 할 때는 그만한 계획이 있다는 말이 아닌가.

"세워놓은 계획이 있으면 말씀해 보시지요."

사도무영은 호당을 먼저 돌려보냈다. 그러고는 그 자리에 한참 동안 서서 하늘을 올려다보았다.

혼자 남게 되자 심장이 다시 터질 것처럼 쿵쾅거리고, 귀청에서 천둥소리가 났다. 이러다 고막이 터지는 게 아닐까 걱정될 정도였다.

터질 것 같은 마음을 참지 못한 그는 주먹이 들어갈 정도로 입을 크게 벌린 채, 두 팔을 쭉 뻗어 허공을 후려쳤다.

입에서는 아무 소리도 나지 않았다. 그렇다고 시늉만 한 것도 아니었다.

 소리 없는 포효!

 유유히 하늘을 날던 야조가 깜짝 놀라 황급히 도망치고, 숲속의 거목들이 사시나무처럼 몸을 떨고, 황운담의 물이 허공으로 솟구치며 거세게 출렁였다.

 사도무영은 그 후로도 이각 가량이 지나서야, 격동치는 마음을 완전히 다스리고 몸을 돌렸다.

 이제부터는 냉정하고 침착하게 움직여야 했다. 조금만 삐끗해도 일이 어떻게 흐를지 아무도 몰랐다. 실수가 용납될 상황이 아닌 것이다.

 자신의 행동 하나하나에 사부와 화설 누이의 목숨이 걸려 있으니까.

제4장
정리(整理)

1.

그가 거처로 돌아온 것은 축시가 넘어갈 즈음이었다.

적소연은 여전히 꿈나라를 여행하는 중이었다. 무슨 생각을 하는지 입을 반쯤 벌린 채 웃고 있는데, 벌어진 입술을 타고 흘러내린 침이 이불에 작은 연못을 만들어 놓은 상태였다.

사도무영은 피식 웃으며 자신의 침상으로 갔다. 그때 뒤에서 적소연의 잠꼬대가 들렸다.

"아이, 단주님……."

'저게……'

"옷은 벗고……."

'윽! 뭐야?'

"으응, 간지러워······. 음음······. 우······."

'얼씨구? 입술은 왜 내밀어?'

"다, 단주님······. 더 꼭 안아······."

'후우, 미치겠군.'

한숨을 내쉰 사도무영은 몸을 돌려서 적소연의 수혈을 풀어주었다.

하지만 적소연은 바로 깨어나지 않았다. 오히려 잠에서 깨지 않으려고 악착같이 이불을 끌어안고 버텼다. 행여나 이불을 놓치면 큰일이라도 날 것처럼.

"어, 어서······. 단주님······."

그 모습을 보고 어이없는 표정을 지은 사도무영은 적소연의 침상으로 다가갔다.

"소연아······."

한데 그가 막 적소연을 깨우려는데, 방문 밖에서 헛기침 소리가 들렸다.

"험, 사 단주, 깨어있는가?"

감평악이었다. 하여간 시간은 기가 막히게 맞춰서 다녔다.

"어머!"

적소연이 그의 목소리를 듣고 잠에서 깼다. 그녀는 침이 잔뜩 묻은 입술을 소매로 쓱 닦아내고 배시시 웃으며 사도무영을 쳐다보았다.

사도무영은 고개를 설레설레 저으며 방문을 흘겨보았다.

"무슨 일입니까?"

"좋은 시간 방해해서 미안하네만, 워낙 급한 일이라서 어쩔 수 없이 찾아왔네."

좋은 시간은 무슨!

사도무영은 감평악이 눈에 보이기라도 하는 것처럼 눈을 부라렸다.

아침에 만나자고 할 수도 있었다. 하지만 그가 말한 '급한 일'이 마음에 걸려 돌려보낼 수가 없었다.

'그래도 없을 때 안 온 게 다행이군.'

그는 자신의 몸을 둘러보며, 행여나 밖에 나갔다 온 흔적이 없는지 확인해 보았다. 그러고는 아무 이상이 없다는 걸 확신한 후에야 감평악을 들어오게 했다.

"들어오십시오."

문이 열리고 감평악이 들어왔다. 그는 게슴츠레한 눈으로 적소연을 힐끔 쳐다보고는 음충맞은 웃음을 지었다.

흐트러진 머리카락, 머쓱해하는 표정, 뭔가 즐거운 일이 있었던 것처럼 얼굴이 살짝 달아올라 있다.

자신의 생각대로 수상한(?) 일을 하고 있었던 중임이 분명해 보였다.

"흐흐, 정말 미안하네. 한참 달아올랐을 텐데……."

사도무영이 그의 말을 끊었다. 무슨 생각을 하고 있는지 물어볼 것도 없이 뻔했다.

"시답지 않은 소리 그만하시고, 무슨 일인지 말씀해 보십쇼. 급한 일이라니요?"

감평악은 의자에 앉더니, 진기로 주위를 차단하고 나직이 말했다.

"아무래도 종주께서 몸이 안 좋으신 거 같네."

사도무영은 아무것도 모르는 것처럼 흠칫 놀란 표정을 지었다.

"종주께서요?"

"그렇다네. 종주님 방에서 신음이 들렸다고 하네. 상당히 심각한 것처럼 들렸는데, 괜찮냐고 물었더니 걱정 말라며 들어올 필요 없다고 하셨다더군."

"그럼 별일 아니잖습니까? 혹시 따로 생각하시는 거라도……"

"험, 이제와 말하네만, 종주께선 오래전부터 지병이 있으셨다네. 아무래도 그 지병이 도지신 건 아닌지 모르겠어."

당신이 먹인 독 때문에 말이지?

사도무영은 한마디 쏘아주고 싶은 걸 꾹 참고 걱정이 가득한 목소리로 말했다.

"그럼 들어가서 알아봐야 할 것 아닙니까?"

"그게…… 종주께선 누가 당신의 병에 대해 아는 걸 싫어하셔서 말이야……"

"그렇다고 이대로 놔둘 수는 없잖습니까?"

"해서 하는 말이네만, 자네가 한 번 가보지 않겠나? 요즘 자네를 매우 좋게 보시던데."

한 마디로, 우리는 구경할 테니, 네가 불을 들고 짚더미 속으로 들어가서 구슬을 찾아보라는 말이었다. 자신들은 위험해서 싫으니까.

사도무영은 고민과 걱정이 가득한 표정으로 고개를 끄덕였다.

"알았습니다, 제가 한 번 가 보죠."

순간 감평악의 목소리가 더욱 나직해졌다.

"만일 정말로 지병이 악화되어 있으면……, 일을 앞당겨도 되네."

"밖에 일은……."

"그건 걱정 말게. 자네가 안쪽의 일만 마무리 지으면, 밖의 일은 우리가 수습하지."

"으음, 그럼 그 일을 최대한 깨끗이 마무리하기 위해서 수라단을 움직여도 되겠습니까?"

감평악은 잠시 생각하더니 되물었다.

"그들을 믿을 수 있겠나?"

사도무영이 씩 웃어주었다. 차갑지만 확신이 있는 웃음이었다.

"제가 좀 거칠게 다루었죠. 걱정 마십시오. 단원들은 종주보다 저를 더 무서워하니까요."

"그렇다면 좋네. 하지만 안쪽의 상황이 어느 정도 확실하게 정리될 때까지는 조심스럽게 움직여야 할 것이네."

"그 정도야 기본이죠. 총령께서는 제가 안으로 들어간 지 일각 정도 지나면 경호무사들을 따돌려 주십시오. 그럼 수라단이 그 자리를 차지하게 하겠습니다."

"그렇게만 되면 호법이나 장로들이 달려와도 소용이 없겠군."

"아무도, 아무도 들여놓지 말라고 할 겁니다. 제가 들어오게 할 때까지는."

"자네 말대로만 되면 완벽하겠군. 후후후후……."

감평악은 하얗게 웃으며 힘차게 고개를 끄덕였다. 이제 고지가 바로 눈앞에 있는 기분이었다.

사도무영도 마주 웃어주었다. 어쩌면 마지막이 될지도 모르니 다른 어느 때보다 더 환하게.

감평악이 나간 지 일 각 후. 사도무영은 적소연을 시켜 적도광을 불렀다. 다른 사람은 절대 따라오지 못하게 하고.

곧 적도광이 적소연과 함께 방으로 들어왔다.

뒤이어 수라단원들이 있는 방에서 소란스런 소리가 들렸다. 방문에 바짝 귀를 붙이고 무슨 말이 오가는지 들으려고 하는 듯했다. 소리를 차단할 것이니 소용없는 짓이지만.

"부르셨습니까, 단주?"

"앉으시오, 할 말이 있으니까."

적도광은 의자에 앉더니 사도무영을 직시했다.

"혹시 총령과 만난 일 때문에 그러시는 겁니까?"

"뭐 그런 것도 있고······."

"단주께서 총령을 얼마나 아십니까?"

"많이는 모르오. 그냥 나쁜 놈이라는 거, 상종하면 안 될 놈이라는 것 정도?"

적도광의 입이 살짝 벌어졌다.

충격이었다. 단주가 설마 그런 말을 할 줄이야!

이번에는 사도무영이 빙그레 웃으며 물었다.

"나는 그 정돈데, 적 형은 그를 얼마나 아시오?"

쇠로 된 인형 같던 적도광의 입술에 가느다란 웃음이 걸렸다.

"저도······ 그 정도밖에 모릅니다."

"뭐 그럼 나나 똑같군요."

"그렇게 되는가요? 그럼······ 이제 말씀을 해보시지요."

사도무영이 또 한 번의 충격을 던졌다.

"적 형, 만일 말이오, 나와 종주, 총령이 명을 내리면 누구 말을 들을 거요?"

적도광은 바로 대답을 하지 못했다.

전이었다면 어려울 것 없는 대답이었다. 그런데 지금은 목구멍에 이상이 생긴 듯 바로 대답이 나오지 않았다.

사도무영이 그를 도와주었다.

"일단 총령은 빼야 할 것 같은데……."

그것에 대해선 곧바로 대답할 수 있었다.

"당연합니다."

문제는 종주와 사도무영이었다.

적도광은 이마에 땀이 맺힐 즈음 목구멍이, 가슴이 트였다.

"저는…… 단주의 명을 듣겠습니다. 나머지 단원들은 어떨지 몰라도……."

"그러면 종주가 가만두지 않을 텐데요? 수라마단을 주지 않을 수도 있고 말이죠."

"제가 아는 단주는, 저를 아무 죄 없이 죽게 만들 분이 아닙니다."

적도광이 나름대로 머리를 굴려 대답하고는, 머쓱한지 다리를 긁었다. 탁자 아래여서 보이지 않는 게 다행이었다.

사도무영은 그런 적도광을 빤히 바라보며 말했다.

"물론 그럴 것이오. 그러니 앞으로 무슨 일이 벌어져도, 지금 그 말을 잊지 마시기 바라겠소."

적도광도 둔한 자는 아니었다. 그는 사도무영의 말에서 뭔가 심상치 않은 일이 벌어지고 있다는 걸 알고 얼굴이 굳어졌다.

"단주님, 대체 무슨 일이 있는지, 제가 알면 안 되겠습니까?"

"안 되긴요? 지금부터 말하려고 했는데."

적도광을 돌려보낸 사도무영은 도를 빼고는, 복면으로 쓰던 천을 꺼내서 도신을 닦았다.

 비록 안위에게서 억지로 얻은(?) 칼이었지만, 함께 지내다 보니 나름 정이 든 상태였다. 아수라구도식을 익히면서 손에도 완전히 익었고.

 이제 검을 쥐라면 도보다 더 어색할지 모른다는 생각마저 들었다.

 '그렇게 많이 부딪쳤는데도 멀쩡하군. 그 인간이 칼은 제법 좋은 걸 가지고 다녔단 말이야.'

 자신의 진기로 도신을 보호해서 그런 점도 있지만, 도 자체가 워낙 좋았다. 누가 만들었는지 몰라도, 보도라 불려도 손색이 없는 도였다.

 그걸 생각하면 팔지 않은 게 정말 다행이었다. 은자 이삼십 냥에 팔 생각이었는데, 그 값에 넘겼으면 얼마나 아쉬웠을 건가 말이다.

 '아수라무광일도단천식을 펼치기에는 궁합이 아주 그만이야. 가만? 그러고 보니 안위의 별호가 흑성수라도라고 했던 것 같은데? 홋, 이것도 운명이라면 기가 막힌 운명이군. 아예 이 도의 이름을 수라도라고 불러야겠군.'

 별것도 아닌 이유로 마음이 가벼워진 그는 미소를 지은 채 도를 도집에 넣었다.

꼭 뭐가 묻어서 도를 닦은 것이 아니었다. 도를 닦으며 마음을 가라앉히기 위함이었다.

한데 생각했던 것보다 더 마음이 평온했다.

자리에서 일어난 그는 도를 옆구리에 매달았다.

'드디어 시작인가?'

몸을 돌리는 그의 얼굴에서 미소가 서서히 사라졌다.

적소연이 빤히 바라보고 있었다.

감평악이 급한 일이라며 찾아오고, 적도광이 결연한 표정으로 돌아갔다. 게다가 그는 한밤중에 도를 빼서 닦지 않았는가.

소리를 차단해서 나눈 이야기를 듣지는 못했지만, 그것만 보고도 뭔가 심상치 않은 일이 벌어지고 있다는 걸 짐작한 듯했다.

"소연이 너는, 밖에서 무슨 일이 벌어져도 꼼짝 말고 여기 있어. 나오지 말고. 알았지?"

적소연은 기회를 놓치지 않았다. 그녀는 입술에 살짝 침을 바르고 말했다.

"단주님이 한 번 안아주고 가면 밖으로 안 나갈게요."

2.

잠시 후.

사도무영은 고개를 모로 꼰 채 방을 나섰다.

한 번 안아주는 거야 어려울 게 없었다. 그래서 망설이지 않고 안아주었다.

그때 적소연이 갑자기 입술을 내밀었다.

그 바람에 당하긴 했는데, 기분은 별로 나쁘지 않았다.

그래서 문제였다. 피할 수 있었는데 피하지 않은 것도 조금은 마음에 걸렸고.

'혀만 안 내밀었어도 괜찮았는데……. 근데 왜 피하지 못한 거지?'

일층으로 내려간 사도무영이 회랑을 지나자 수라십이살 중 두 사람이 앞을 막았다.

"무슨 일로 오셨습니까, 단주?"

수라곡을 떠날 때만 해도 고개를 뻣뻣이 들고 오만한 눈으로 바라보던 그들이었다. 실력이야 떨어질지 몰라도, 종주의 직속호위대라는 자부심이 그들의 목을 석고처럼 단단하게 만든 것이다. 여느 세상이나 마찬가지로.

그랬던 그들도 이제는 태도가 확연히 달라졌다. 사도무영이 쌍령에 올랐다는 것 때문이든, 아니면 다른 이유 때문이든.

"종주님을 뵙고자 하오. 말씀 좀 드려주시오."

"종주님께선 지금 취침중이시라……."

"내가 왔다고 하면 어떤 말씀이 있으실 거요."

담담하지만 힘이 실린 말투. 은연중 무형의 기운마저 흘러나왔다. 그 기운은 수라십이살이 아무리 강단 있는 자들이라 해도 견딜 수 있는 게 아니었다.

 두 사람 중 하나가 슬쩍 눈짓을 보냈다.

 다른 하나가 감교악의 방 쪽으로 다가갔다.

 방문 앞에도 십이살 중 두 사람이 서 있었다. 그들 앞으로 다가간 자가 나직이 사정을 설명했다. 곧 방문 앞에 서 있던 자들 중 하나가 사도무영 쪽으로 다가왔다.

 "꼭 지금 만나셔야 하겠습니까?"

 그는 십이살을 지휘하는 추강이란 자였다. 그라면 감교악이 어떤 언질을 주었을 터. 사도무영은 그가 알아들을 수 있는 만큼 돌려서 말했다.

 "알지 모르겠는데, 종주께선 시간에 상관없이 볼일이 있으면 언제든 찾아오라고 하셨소. 그게 무슨 말인지 당신은 알 것 같소만. 일단 안에 기별을 넣어주시오."

 추강의 눈이 어둠 속에서 기이한 빛을 번뜩였다.

 그는 침을 소리 나지 않게 삼키고 고개를 반쯤 숙였다.

 "알겠습니다. 일단 말씀드려 보겠습니다."

 방문 쪽으로 다가간 추강이 안에 대고 속삭이듯이 말했다. 그리고 곧 사도무영을 바라보며 고개를 끄덕였다.

 사도무영은 십이살 사이를 지나 방문으로 다가갔다.

 한데 바로 그때, 호법들이 있는 방문이 열리더니 한 사람이

나왔다. 키가 제법 크고 빼빼 마른 오십 초반의 중년인, 호법들 중 하나인 기종위란 자였다.

"무슨 일인데 종주님의 잠을 깨우는 건가?"

"몸이 좋지 않으신 것 같다고 해서 뵙고자 왔습니다."

"그래?"

기종위가 눈살을 찌푸리는데, 방 안에서 나직한 목소리가 들렸다.

"들어오게 놔둬. 어차피 잠도 오지 않아서 이런저런 생각을 하고 있던 중이니까."

기종위는 감교악의 뜻을 거스를 정도로 배짱이 두둑하지 못했다.

"예, 종주. 험, 들어가 보게. 너무 무리해서 종주님을 힘드시게 하지는 말고."

사도무영은 그를 향해 가볍게 고개를 끄덕여 보이고는, 추강이 열어준 방문 안으로 발을 디뎠다.

방 안에서 느껴지는 온기는 한쪽에서 바람에 흔들리고 있는 촛불뿐이었다.

사도무영은 곧장 감교악의 침상으로 걸음을 옮겼다.

감교악은 침상에 앉아서, 걸어오는 사도무영을 바라보았다. 촛불에 비친 그의 얼굴에는 짙은 어둠이 드리워진 상태였다. 방 안의 어둠 때문이 아니었다.

"제때에 왔군. 오지 않았으면 내가 부르려고 했거늘."

그의 입에서 거친 목소리가 흘러나왔다.

정상적인 목소리가 아니었다. 가래가 목에 잔뜩 끼어서 말 한마디 내뱉기가 힘든 것처럼 보였다.

"일을 조금 일찍 시작해야 할 것 같습니다. 종주께서 몸이 안 좋다고 하니까 저들이 먼저 몸이 달아오른 모양입니다."

"그것도 괜찮겠……. 으음……."

"많이 안 좋으신 것 같군요."

"이틀 정도는 더 견딜 것 같았는데……. 그것도 내 마음대로 되지 않는군."

힘들게 말을 맺은 그의 이마에 굵은 주름이 그어졌다. 지독한 고통이 엄습한 표정이었다.

고통이라면 일가견이 있는 사도무영이 아닌가.

감교악은 오랜 기간 고통을 겪으면서도 밖으로 드러내지 않았던 사람이다. 그걸 생각하면 지금 그가 겪는 고통의 깊이를 알만 했다.

"참기 힘드십니까?"

"조금……."

"제가 도와드리죠."

"아니…… 괜찮……."

"고통이라면 저도 종주님 못잖게 오래 겪어봤습니다. 몇 달 동안 거의 매일 생사를 넘나들었죠."

사도무영은 담담히 말하며 감교악의 혈도를 몇 군데 찍었다.

손가락 하나 까딱할 수 없는 감교악으로선 그가 하는 대로 놔두는 수밖에 없었다. 설령 당장 죽인다 해도.

그렇게 얼마나 지났을까. 감교악의 눈이 커졌다.

심장을 당장이라도 찢어발길 것 같던 고통이 눈 녹듯 스러지는 것이 아닌가!

비록 자잘한 고통이 아직 몸을 괴롭히고는 있지만, 그에게는 그 정도만으로도 정상이 된 거와 다름이 없었다. 자잘한 고통은 지난 몇 년간 그가 겪어온 삶의 일부였으니까.

"어떻게 한 거지?"

"고통의 맥을 끊었을 뿐입니다. 독상을 치료하는 것과는 별개여서 그쪽으로는 아무 도움이 되지 않을 것입니다만, 돌아가실 때까지 큰 고통은 겪지 않으실 겁니다."

죽는 건 변함없다는 말.

그럼에도 감교악의 표정이 조금 전과 달리 밝아졌다.

"크크크, 이 정도면 훌륭해. 아주 훌륭해."

"고마워하실 건 없습니다. 고통 때문에 제대로 말도 못하셔서 손을 쓴 것뿐이니까요."

"내 앞에서 그렇게 말을 한 놈치고 살아있는 놈이 없지. 담이 놈 빼고는. 그런데 이제 또 한 사람이 늘었군."

"도담은 제가 구석진 곳에다 가둬놨습니다. 움직이기 힘들

만큼 팼지요."

감교악의 얼굴에 웃음이 떠올랐다.

"잘했다. 그놈은 좀 맞아야 돼."

"그런데 정말 도담의 어머니를 종주님이 직접 죽이셨습니까?"

"죽였지. 나는, 밤마다 몰래 다른 남자를 만나러 가는 여자를 살려둘 만큼 마음씨 좋은 사람이 아니거든. 그리고 내 부인이 남의 손에 죽는 것도 보고 싶지 않았고 말이야."

세 명의 부인을 모두 죽였다고 했다.

그게 사실이라면 진정 악독한 자가 아닐 수 없었다. 티끌만큼의 용서도 할 수 없는 자.

해서 죽어가는 감교악을 보고도 불쌍하다는 생각을 조금도 하지 않았다.

한데…… 거기에 모종의 사연이 있는 듯했다.

"그럼 전의 두 부인은 왜 죽였습니까?"

감교악의 입꼬리가 위로 말려 올라갔다.

"죽을지 모른다는 걸 알면서도 불나방처럼 불길 속으로 뛰어들더군. 그래서 그들이 바라는 대로 죽여주었지."

"그녀들에게도 다른 남자가 있었단 말입니까?"

"아니."

"그럼 왜……."

감교악은 사도무영을 물끄러미 바라보더니, 죽기 전에 모든 것을 털어버리고 싶은 듯 모든 걸 이야기해주었다.

"어떤 놈이, 나를 죽이면 다른 남자와 행복하게 살 수 있을 거라고 꼬드긴 모양이야. 어쩌면 독은 그때부터 내 몸을 갉아먹고 있었는지도 모르지. 하나는 그래서 죽였고, 하나는 나에게 욕을 해서 죽였지. 내가 없는 줄 알고…… 남자구실도 제대로 못하는 병신이라고 욕하면서 웃더군. 크크크크, 그 계집이 완전히 거짓말을 한 것은 아니지만, 듣는 내 입장에선 도저히 참을 수가 없었지. 그래서 찢어 죽였어."

사실이라면 감교악도 삶이 불쌍한 자였다.

혼인은 그런 식으로 끝장나고, 형제라는 사람들은 그를 죽이지 못해서 안달하고 있다. 그 상황에서 독하지 않았으면 지금까지 살아있지도 못했을 것이 아닌가.

사도무영은 착잡한 표정으로 감교악을 바라보았다.

"과거의 현천교에 대해선 어떻게 생각하십니까? 북궁마야를 추종해서 율법을 바꾸는 일에 동참하셨을 때는 나름대로 생각이 있었을 것 같은데요."

"현천교의 율법? 훗, 율법이 바뀌면 어때? 사실 그런 것은 아무 상관도 없었다. 현천교의 교리를 지탱하던 대제사장의 힘이 약화된 이상 나뿐만 아니라 다른 종파도 대교주를 따를 수밖에 없었으니까. 어쩌면 세상 밖으로 나가고자 하는 욕망이 표출 된 것일 수도 있고 말이야."

감교악의 말은, 결국 세상으로 나가고자 한 욕망이 더 강한 이상 그리 될 수밖에 없는 일이었다는 말이다.

정확한 판단이었다.

반면 그러한 욕망보다 어둠 속에서 수행하며 살기를 원하는 자들은 아직도 과거의 율법을 따르고 있다는 말이기도 했다.

"제가 현천교와 어느 정도 관련되었을 거라 보십니까?"

"곧 죽을 놈이 알아서 뭐 하겠느냐? 나에게 말할 필요 없다."

"수라종파가 저로 인해서 곤란해질지 모르는데도 말입니까?"

"상관없다. 죽기 전에 나를 이렇게 만든 놈들이 죽는 거만 보면 돼. 그 다음에는 네 맘대로 해라. 구워먹든, 삶아먹든."

"그래도 존속되기를 바라시니 현천교가 관여하기 전에 정리하라는 거 아닙니까?"

"그러면야 좋지. 하지만 그리 되지 않는다 해도 너를 탓하지 않을 것이다."

담담히 말하는 감교악의 두 눈은 그 어느 때보다 맑았다. 흰자위에 검은 점이 깨알처럼 박혀있는데도 눈빛은 탁하게 느껴지지 않았다.

욕망에 초탈한 표정.

사도무영은 그런 감교악을 지그시 바라보고는 천천히 몸을 돌렸다.

방 밖에서 소란스런 소리가 들렸다. 마침내 감평악이 하수

인들과 함께 몰려온 것이다.

"비켜라, 종주를 뵈어야겠다."

"지금은 안 됩니다, 총령."

"네가 지금 내 앞을 막겠다는 거냐?"

"추 대주! 종주의 총애가 깊다고 너무 안하무인이구나! 앞을 비켜라!"

감평악, 추강에 이어 청수라당의 당주 음지청의 목소리마저 들렸다.

그 직후 감평악이 마침내 계획대로 움직였다. 이쯤 되었는데도 안에서 조용한 걸 보니, 사도무영이 손을 썼을 거라 생각한 듯했다.

"종주님께서 편찮으신데도 수수방관하다니. 아무래도 네놈들에게는 더 이상 종주님을 맡길 수 없겠어. 여봐라! 수라단은 어디 있느냐? 이제부터는 그대들이 종주님의 방을 호위하라!"

"총령! 이게 무슨 짓……."

추강의 반발하는 목소리에 이어 기종위의 목소리도 들렸다.

"추강, 일단 한쪽으로 물러나게."

"기 호법님, 왜……?"

"어허, 총령께서 생각이 있으시니 그러시는 것 아니겠나?"

"지금부터 종주님의 방은 우리 수라단이 맡도록 하겠소. 비켜주시오."

적도풍의 목소리와 함께 십여 명이 우르르 몰려드는 소리가 나고, 곧이어 감중악의 다그치는 목소리가 울렸다.

"총령, 이게 무슨 일이오? 대체 왜 종주님의 방에 몰려와서 소란을 피우는 거요? 수라단은 뭐고?"

"소란이라니? 종주님의 건강을 염려해서 온 사람에게 그 무슨 말투요?"

"뭐요? 이게 지금 종주님의 건강을 염려하는 사람의 행동이란 말이오?"

"말을 함부로 하지 말라니까!"

사소한 언쟁으로 밖이 점점 시끄러워졌다.

감교악이 차가운 웃음을 입가에 매단 채 나직이 말했다.

"그놈들, 개떼처럼 몰려왔군. 크크크, 가기 전에 재미있는 구경을 하게 생겼어. 그러고 보면 나도 복이 전혀 없는 것은 아닌 것 같아."

"그럼 시작해 보죠. 종주께선 원만한 진행을 위해서 누워 쉬시지요."

"훗, 그럴까? 그럼 나는 누울 테니 자네가 알아서 처리하게. 하고 싶은 대로……. 후후후, 어쩌면 다시 일어나지 못할지도 모르겠군."

그냥 하는 말이 아니었다. 눕는 것조차 힘들었다. 눈은 이미 앞이 잘 보이지 않고, 썩은 심장은 금방이라도 터져버릴 것 같았다.

과연 일이 마무리 될 때까지 살 수 있을까?

그것조차 의문이었다. 다행이라면 귀가 아직 괜찮고, 사도무영이 고통을 덜어준 덕에 밖에서 나는 소리를 들을 수 있다는 것이었다.
 감교악은 그것만으로도 만족했다. 자신에게 한을 심어준 놈들의 비명과 아우성을 들을 수 있을 테니까.
 "마지막일지 모르니 미리 작별인사를 해야겠군. 고맙네. 자네 덕에 편히……."
 사도무영은 감교악의 웅얼거림처럼 들리는 목소리를 뒤로하고 걸음을 떼었다.
 덜컹.
 방문이 열리자 소란이 한순간에 잦아들었다.
 사도무영은 방문 밖을 둘러보았다.
 많은 사람들이 모여 있었다. 방 바로 앞 회랑에는 수라단이 죽 늘어서 있고, 회랑의 좌측에는 오호법이, 우측에는 오장로가 서서 방문을 바라보았다. 그리고 앞마당에는 감평악과 수라마체 아홉, 감중악과 음지청, 원묵을 비롯한 삼당의 사람들로 꽉 찬 상태였다.
 오향의 사람들과 수라십이살이 보이지 않는데, 그들에게 신경 쓰는 사람은 아무도 없었다.
 사도무영은 앞마당에 늘어선 사람들을 둘러보고는 감평악에게서 시선을 멈추었다.
 감평악이 긴장을 참지 못하고 초조한 표정으로 물었다.

"종주께선 어떠하신가?"

사도무영이 무심한 어조로 대답했다.

"워낙 안 좋아서 누우셨습니다. 다시는 일어나시지 못할 것 같군요."

감평악은 그 말을, 계획대로 끝냈다는 뜻으로 알아들었다.

"일어나지 못한다면, 돌아가시기라도……."

"그리 생각하셔도 무방합니다."

감평악의 얼굴에 사악한 미소가 번졌다.

반면 몇 사람은 경악한 표정을 감추지 못한 채 놀라 소리쳤다.

"그게 무슨 말인가! 종주님께서 돌아가시다니?"

"사영! 솔직히 말해라! 무슨 일이 있었던 것이냐?"

"혹시…… 네놈이……?"

사도무영은 그들의 말을 귓전으로 흘려듣고, 감평악을 향해 전음을 보냈다.

『신교에서 사람들이 오기 전에 최대한 빨리 마무리 지어야 할 것 같습니다. 먼저 시작하시죠. 이곳은 제가 맡을 테니까.』

감평악은 하얗게 웃으며 고개를 끄덕였다. 그러고는 몸을 돌리고 주위를 둘러보며 말했다.

"종주님께서 몸에 이상이 생겨 본교를 지휘할 수 없을 것 같다. 해서 지금부터 본교의 모든 것을 총령인 내가 지휘할 것이다."

"그게 무슨 말이오! 말도 안 되는 소리!"

감중악이 제일 먼저 반발했다.

이미 그 정도 반발은 생각하고 있던 터. 감평악은 냉랭한 어조로 그를 다그쳤다.

"본교의 법을 잊었는가? 종주께서 유고시 권한대행이 누구지? 총령이 아닌가?"

"흥! 아무리 그렇다 해도 인정할 수 없소!"

감중악이 더욱 강하게 반발했다.

감평악의 말을 듣고도 감교악이 아무런 반응을 보이지 않는다는 것은 분명 정상이 아니었다. 감평악이 저렇게 설칠 정도라면 이미 어떤 사단이 나도 났다는 뜻. 절대 밀리면 안 되었다.

그는 공력을 끌어올리고 앞으로 나섰다.

"일단 종주님을 뵈어야겠소! 앞을 뚫어라!"

동시에 그의 좌우에 있던 무사들이 감교악의 방을 향해 날아갔다.

"막아라! 아무도 안으로 들여보내지 말라는 단주님의 명이다!"

적도광이 차갑게 소리치자 수라단원들이 그들의 앞을 막았다.

"한 번 해보자는 거야?"

"크하하! 전부 덤벼!"

"야 이놈아! 오는 놈만 막으면 되지 왜 다 덤비라고 해!"

"호호호! 오늘 제대로 피 좀 보겠어! 이거 흥분되는데?"

정신이 어지러울 정도로 시끌벅적하게 소리치면서도 수라단원들은 삼당의 무사들을 막았다.

삼당의 무사들도 모두 조장급의 고수들이었지만, 수라단의 개개인도 그들 못지않았다. 오히려 적도광은 삼당의 당주조차 감당하기가 쉽지 않은 절정고수였다.

손발이 오가고 무기가 번뜩이는 사이, 삼당의 무사들 중 두어 명이 비틀거리며 밀려났다.

쾅!

적도광과 부딪친 자는 사정없이 튕겨져서 바닥을 뒹굴었다.

묘한 것은, 수라단원들은 난리법석을 피우면서도 적을 물리치기만 할뿐 적극적인 공격을 하지 않는다는 점이었다.

그들이 적극적인 공격을 자제하고 방만 지키자 감평악이 사이한 목소리로 명을 내렸다.

"감히 총령의 명을 거역한 자들이다! 제거해!"

그의 명령이 떨어짐과 동시, 옆에 조용히 서 있던 수라마체들이 훌쩍 몸을 날렸다.

"무슨 짓이오!"

감중악이 대경해서 소리치며 검을 빼들었다. 설마 감평악이 곧바로 척살령을 내릴 줄은 예상치 못한 듯했다.

하지만 감평악은 눈썹 하나 까딱하지 않고, 뒤이어서 누구에겐지 모를 명령을 내렸다.

"제압하라! 이제부터 수라종파는 내가 다스릴 것이다!"

그 명령이 떨어지자, 호법과 장로들이 있는 곳에서 소란이 벌어졌다.

그들 중 감평악을 따르는 자들이 감중악을 따르는 자들을 공격한 것이다.

"헉! 기 호법, 이게 무슨 짓……."

"왜? 크윽!"

워낙 급작스런 공격이었다. 미처 대비하지 못한 추고릉과 만가기가 신음을 흘리며 비틀거렸다. 둘 다 암중에 감중악을 지지하던 자들이었다.

이쪽도 저쪽도 아닌 두어 명은 재빨리 뒤로 물러나서 공격권을 벗어났지만, 나머지는 서로를 향해 필살의 살수를 펼쳤다.

감중악은 상황이 급박하게 전개되자 이를 갈며 소리쳤다.

"작정을 했구나, 감평악! 놈들을 막으시오! 이대로 놈에게 수라종파가 넘어가선 안 되오!"

소란이 극에 달하며 앞마당이 혈전장으로 변했다.

사도무영은 방 안에서 그 광경을 가만히 지켜보기만 했다.

어차피 감평악을 따르는 자들이나, 감중악을 따르는 자들이나 전부 자신들의 욕망을 위해 날뛰고 있을 뿐이었다. 한쪽은 자신의 욕망을 위해서, 한쪽은 현천교의 사주를 받고.

어느 쪽이 피해를 입든 그와는 아무런 상관이 없었다.

모두 죽더라도.

잠깐 사이 대여섯 명이 피를 뿌리며 쓰러졌다. 대부분 감중악을 따르던 자들이었다.

감평악은 감중악과 원묵이 달려들자, 네 명의 수라마체를 시켜 그들을 상대하게 하고, 자신은 수라단이 있는 곳으로 몸을 피했다.

수라단에 막힌 삼당의 무사들은 수라마체와 싸우느라 이미 앞마당으로 나온 뒤였다.

자신은 앞으로 수라종파의 종주가 될 몸이 아닌가!

그런 자신이 직접 나서서 목숨을 건 싸움을 할 이유가 없다.

'후후후, 멍청한 놈들. 내가 왜 명분뿐인 총령의 지위를 고집했는지 아느냐? 그건 종주의 유고시, 임시종주가 되어 후사를 주관하는 자리이기 때문이니라.'

그 짧은 시간에 오장로 중 한 사람인 구당초가 목이 반쯤 잘린 채 쓰러졌다. 그는 감중악과 사돈으로, 감중악의 오른팔인 자였다.

그가 쓰러지자 장로들 중 감중악 편이었던 서충경은 훌쩍 물러나서 아예 대항을 포기했다.

"그만하세. 이게 뭐 하는 짓인지 모르겠군. 나는 더 이상 자네들과 싸우고 싶지 않네."

그것으로 호법과 장로 쪽은 대충 마무리가 되었다.

"후후후, 이제 저놈들만 끝내면 되겠군."

감평악은 비릿한 조소를 지은 채 격전장을 바라보면서, 감중악과 원묵과 전추경이 쓰러지기만 기다렸다.

오향의 대표들은 중립을 지키는 상태. 앞에 있는 자들만 무너뜨리면 수라종파는 자신의 손에 들어온 거나 마찬가지였다.

감중악과 원묵은 수라마체와 접전을 벌이며 당황한 표정을 감추지 못했다.

수라곡이었다면 이런 상황이 벌어지지도 않았을 것이었다. 그곳에는 자신들의 수하 수백이 있으니까.

그러나 이곳에서는 상황이 달랐다. 자신들보다 적의 숫자가 많았다. 수라단도 놈의 편이 아닌가 말이다.

설마 신교의 대총회에 와서 일을 벌일 줄이야!

꿈에도 생각지 못한 일.

이럴 줄 알았다면 수라단 대신 자신의 수하들을 더 많이 대동하자고 했을 것을.

감중악은 이를 갈며 후회했다. 문제는 상황을 반전시킬 방법이 없다는 것이었다.

"원 당주! 일단 이곳을 빠져나갑시다! 신교에 이 일의 부당함을 알려야 합니다!"

이제 그들이 기댈 곳은 오직 한 곳뿐이었다. 이곳은 신교를 이끄는 현천교의 대지. 현천교가 나선다면 하다못해 자신들의 목숨이라도 구할 수 있을 터였다.

"알겠소이다!"

하지만 감평악은 그들이 빠져나가도록 놔두지 않았다.

"흥! 어림없다, 감중악! 절대 놈들을 내보내지 마라!"

기종위와 적초, 부민과 지청학이 신형을 날려 감중악과 원묵의 퇴로를 막았다.

원묵은 빠져나갈 길마저 막히자 욕설을 퍼부으며 전추경에게 소리쳤다.

"빌어먹을 놈들! 추경! 앞을 뚫어라!"

"예, 당주!"

전추경이 뒤로 몸을 날렸다.

그때 잠에 빠져있던 감초민이 뒤늦게 달려오며 당황한 목소리로 감중악을 불렀다.

"아버지! 대체 이게 어찌된 일입니까?"

전추경이 악을 쓰듯이 소리쳐 그를 불렀다.

"초민! 이곳을 빠져나가야 하니 포위망을 뚫게!"

어떻게 된 일인지 알 틈도 없이, 감초민은 안색이 창백하게 변한 채 전추경을 따라 장로들에게 검을 겨누었다. 내상이 회복되지 않은 점도 있지만, 그보다는 죽을지 모른다는 공포감에 손이 덜덜 떨렸다.

"대체 왜 이러는 겁니까?"

기종위는 대답 대신 쌍장을 휘둘렀다.

감초민도 호교무장전에 출전할 만큼 실력이 출중한 자였다. 평소라면 기종위라 해도 그를 이긴다는 보장이 없었다.

 그러나 잔뜩 겁에 질린 그는 평소의 실력을 반도 발휘하지 못했다. 삼사 초의 공격을 겨우 막던 그는 기종위의 장력에 어깨뼈가 부러져 바닥을 뒹굴었다.

 "크윽!"

 그나마 전추경이 전력을 다해서 장로인 부민을 몰아붙이고 기종위를 공격하지 않았다면 가슴이 으스러진 채 죽었을 것이었다.

 "초민아!"

 감중악이 수라마체를 몰아붙이며 감초민 쪽으로 다가갔다.

 부민과 지청악이 합공해서 감중악을 공격했다.

 "어딜! 너는 우리가 맡아주마!"

 "클클, 감중악, 이런 날이 있을 줄은 몰랐을 것이다."

 감중악이 강하긴 해도 둘을 압도할만한 실력은 되지 못했다. 게다가 수라마체 둘이 몸을 돌보지 않고 달려드는 판이었다.

 감중악은 오 초가 흐르는 사이 온몸이 피로 얼룩졌다.

 어깨뼈가 부러진 감초민은 감중악이 수세에 몰린 걸 보고도 도울 수가 없었다. 돕기는커녕 자신의 목숨을 돌보기에도 바빴다.

 그렇게 십여 초가 흐를 때였다.

콰직!

부민의 독조(毒爪)가 감중악의 옆구리를 꿰뚫었다.

"흐읍!"

감중악은 이를 악물고 비틀거리며 뒤로 물러났다.

그는 부민의 손톱에 극독이 묻어 있다는 걸 알고 있었다. 공력을 높이 끌어올릴수록 독이 더 빠르게 확산될 터. 그는 방어만 하며 겨우겨우 버티면서 밖으로 도주할 기회만 엿보았다.

한데 그때, 기종위의 장력이 감초민의 가슴을 뭉갰다.

퍽!

"크억!"

감추민이 피를 뿜어내며 나가떨어지자, 감중악은 독의 확산은 아랑곳하지 않고 전 공력을 끌어올린 채 반사적으로 몸을 날렸다.

"초민아!"

지청악이 그의 뒤를 쫓아가며 언월도를 휘둘렀다.

감중악은 뒤에서 밀려드는 공격에는 신경도 쓰지 않았다. 그는 오직 감초민을 구해야 한다는 생각으로 기종위를 향해 검을 뻗었다.

기종위는 목숨을 걸고 싸울 이유가 없었다. 감중악을 지청악에게 맡긴 그는 훌쩍 뒤로 물러나며 검세에서 벗어났다.

그제야 감중악은 몸을 돌리며 지청악의 도를 막았다.

쩡! 퍽!

하지만 옆구리가 뚫리고, 독에 중독된 상태에서 지청악의 전력을 다한 공격을 온전히 막아낸다는 것은 욕심일 뿐이었다.

"크으윽."

내부가 격탕된 그는 주르륵 밀려나더니, 끝내 허리를 꺾고 피를 한 움큼 토해냈다.

그와 동시, 뒤로 물러났던 기종위가 달려들며 쌍장을 휘둘렀다.

감중악은 급히 피하려 했지만, 연이어 충격을 받은 몸은 그의 뜻대로 움직이지 않았다.

결국 그는 피하는 대신 기종위를 향해 정면으로 달려들었다.

찰나 두 사람의 몸이 얽혀드는가 싶더니, 달려들 때만큼이나 빨리 뒤로 튕겨졌다.

퍼벅! 푹!

기종위의 장력에 얻어맞은 감중악은 감초민과 손만 뻗으면 닿을 거리까지 굴러간 후에야 멈췄다.

반면 기종위는 자신의 복부에 꽂힌 검을 내려다보면서 비틀거리며 주춤주춤 물러섰다.

설마 감중악이 죽음을 불사하고 달려들 줄이야.

"비, 빌어먹을……."

워낙 급박하게 벌어진 일이다 보니 지청악도 바로 손을 쓰지 못했다. 감중악은 중상을 입은 상태. 지청악은 일단 기종위를 향해 달려갔다.

"기 장로! 괜찮소이까?"

그 사이 감중악은 손을 뻗어 감추민의 허리를 끌어안고는 입구 쪽을 향해 몸을 날렸다. 독에 중독되고, 내부가 으스러졌지만, 아들만은 살려야 했다.

예상치 못한 감중악의 행동에 지청악이 눈을 치켜떴다.

"엇! 저자가……."

바로 그때, 수라단에게 자리를 내주고 지붕 위에 올라가 있던 수라십이살이 입구를 막아섰다.

"아무도 이곳을 나갈 수 없소! 이 일은 본교의 일! 본교 자체적으로 해결할 것이오!"

안에 있는 사람들에게만 하는 소리가 아니었다. 타 종파의 사람들이 무슨 일인가 싶어 몰려오고 있었다. 그들에게 관여치 말라는 말이기도 했다.

전추경이 벌게진 얼굴로 소리쳤다.

"이보시오! 감 총령을 그대로 놔둘 거란 말이오?"

"그 문제는 따로 알아서 할 분이 있으니 그대가 걱정할 게 아니오."

추강은 냉랭히 말하고 수하들로 하여금 사방을 철저히 지키게 했다.

수라십이살은 종주를 지키는 호위대. 무위를 따져도 수라곡의 정예 중 최고의 정예였다. 특히 그들을 지휘하는 추강은 삼당의 당주들이라 해도 승부를 장담할 수 없는 수라곡의 숨은 고수로 알려진 터였다.

 감평악은 수라십이살이 감중악 등을 막아서자, 만면에 흡족한 미소를 지었다.

 그는 수라십이살이 감중악 등을 막는 이유에 대해서, 그들이 자신을 임시종주로 인정했기 때문이라 생각했다. 그렇지 않다면 그들이 자신의 편을 들 이유가 없는 것이다.

 '크크크, 교법에 충실한 놈들이군. 시간을 두고 제거하려고 했더니 그럴 필요가 없겠어.'

 껄끄러웠던 수라십이살까지 자신을 지지한 이상 더 볼 것도 없었다. 남은 것은 시간이 해결해줄 터였다.

 설령 여기서 빠져나가는 자가 있다 해도 걱정하지 않았다. 이미 대세는 자신 쪽으로 완전히 기운 상태가 아닌가 말이다.

 입가에 흡족한 미소를 지은 그는 몸을 돌렸다.

 "음 당주, 안으로 들어가 보세."

 "예, 총령."

 감평악은 음지청을 수하처럼 이끌고 방문으로 다가가며 사도무영을 향해 씩 웃었다.

 "수고했네."

 적도광이 그의 앞을 막았다.

 "들어갈 수 없소."

 "홋, 그건 다른 사람들 얘기지. 안 그런가, 사 단주?"

 감평악이 실소를 흘리며 손을 저었다.

하지만 적도광은 고지식하게도 눈썹 하나 까딱하지 않았다.
"단주께서 아무도 들이지 말라 하셨소. 그건 총령도 예외가 아니오."
음지청이 한 걸음 나서서 눈을 부라렸다.
"이런 건방진! 감히 뉘 앞을 막는단 말이냐? 사 단주, 적도광을 비키라 하게!"
사도무영은 그를 보며 담담히 웃었다. 한겨울에 내리는 서리처럼 차가운 웃음이었다.
"적 형, 만일 누가 이곳을 들어오려고 하면 그냥 목을 쳐버리시오. 그게…… 누구든."
"예, 단주."
적도광도 대답하며 사도무영과 비슷한 웃음을 지었다.
감평악은 자신의 귀를 의심하며 사도무영을 노려보았다. 그의 마음을 음지청이 대신해서 말했다.
"그게 무슨 말인가? 설마 우리도 포함되는 건 아니겠지?"
"귀가 막혔소? 이 안으로는 나 이외에 누구도 못 들어온단 말이외다."
"사 단주?"
감평악이 황당하다는 표정으로 눈을 크게 떴다.
사도무영은 천천히 걸음을 옮기며 도병을 잡았다.
"대충 정리가 된 거 같은데……."
적도광은 사도무영이 나갈 수 있도록 길을 터주었다.

툭.

사도무영의 좌수엄지가 도를 밀어 올리자, 감평악은 자신도 모르게 주춤거리며 물러섰다.

그의 앞을 음지청이 막아섰다.

"무슨 짓이냐!"

하지만 사도무영은 걸음을 멈추지 않았다.

저벅, 저벅……. 스르릉!

그는 성큼성큼 앞으로 걸어가며, '수라'라는 이름을 붙인 도를 빼들었다.

"당신만 죽으면 마무리가 될 거 같군, 감평악."

그제야 감평악은 일이 꼬였음을 알고 버럭 소리쳤다.

"네놈이 감히……. 음 당주! 놈을 막아라!"

음지청이 쌍검을 빼들고는 번개처럼 쇄도했다.

사도무영은 도를 열십자로 그어 음지청의 공격을 차단했다.

음지청은 쌍검을 교차시켜 사도무영의 도를 얽어맸다.

까라랑!

교차한 쌍검이 도를 얽어맨 순간, 도가 비틀리며 두 자루 검을 좌우로 튕겨냈다.

따당!

음지청의 얼굴이 일그러졌다.

설마 자신의 검이 이리도 쉽게 튕겨질 줄이야!

예상보다 훨씬 강력한 사도무영의 도세에 팔목이 시큰해진

정리(整理) 133

그는 급히 세 걸음을 물러섰다.

동시에 사도무영이 그림자처럼 따라가며 실낱같은 틈 사이로 도를 휘둘렀다. 일순간에 아수라구도식 중 삼 초가 줄줄이 펼쳐지고, 수십 개의 도영이 음지청을 향해 쏟아졌다.

음지청은 눈을 부릅뜨고 정신없이 검을 뽑었다.

피할 곳도 없고, 피하고 싶지도 않았다. 어차피 패한 자에게 기다리는 건 죽음뿐, 도망치느니 동귀어진이라도 할 생각이었다.

"어디 누가 죽나 끝까지 해보자, 이놈!"

그는 광기에 젖은 사람처럼 자신의 몸을 돌보지 않고 달려들었다.

음지청의 죽음을 불사한 공격을 대하고도 사도무영은 눈 한 번 깜박이지 않았다. 오히려 한 발 앞으로 내딛으며 두 자루 검 사이로 도를 밀어 넣었다.

쌍검이 무형의 기운에 밀리며 빈틈이 드러나고, 그 사이로 시퍼런 도광이 스며들었다.

음지청의 부릅뜬 눈에 공포가 떠올랐다 싶은 순간, 차가운 광채 한 줄기가 음지청의 목을 스쳐갔다.

"음 당주!"

감평악이 대경해 소리쳤다.

검을 뽑은 채 굳어버린 음지청은 두어 번 입을 껌벅이고는 천천히 고개를 쳐들었다. 그의 목에 붉은 선이 그어진다 싶더니, 반쯤 잘린 목이 서서히 벌어지며 피분수가 솟구쳤다.

음지청이 이리도 쉽게 무너지다니.

"모두 달려들어서 저놈을 죽여라!"

감평악은 악을 쓰면서 뒤로 물러났다.

삼당의 무사를 상대하던 수라마체 다섯 중 둘이 쓰러지고 셋이 남은 상황이었다.

삼당의 무사들은 모두 제거된 상태. 그들은 명령이 떨어지자마자 사도무영에게 달려들었다.

단 삼 초 만에 음지청을 죽인 사도무영은 몸을 돌리며 도를 뿌렸다.

찰나 한 줄기 번개가 어둠을 갈랐다.

쩌적!

신속히 마무리 지을 작정으로 팔성의 내력을 실어서 펼친 도세였다.

도강이 서린 수라도가 단숨에 수라마체의 육신을 갈랐다.

둘은 목이, 하나는 가슴이 갈라진 채 피를 뿜어냈다.

워낙 질겨서 몸이 두 쪽 나지는 않았지만, 반쯤 잘라진 것만으로도 그들은 더 이상 움직일 수가 없었다.

사도무영은 수라마체 셋을 쓰러뜨리고 감평악을 바라보았다.

"안 됐지만 당신이 종주에게 졌소."

감평악의 안색이 하얗게 변했다. 그는 자신도 모르게 비틀거리며 뒤로 물러섰다.
"무, 무슨 소리냐? 설마 종주가 살아 있기라도……."
"오래 살지는 못할 거요. 심장이 녹아버렸으니까."
"뭐, 뭐라고!"
"더 길게 이야기 나눌 시간이 없는 게 아쉽군요. 종주가 살아있을 때 당신을 죽여주기로 약속 했으니까."
사도무영은 무심히 말하며 앞으로 발을 내딛었다.
감평악은 불에 댄 사람처럼 깜짝 놀라 뒤로 신형을 날렸다. 그리고 다급히 수라마체에게 명령을 내렸다.
"모두 저놈을 막아!"
감중악과 원묵을 둘러싸고 있던 수라마체 넷이 사도무영을 향해 달려들었다.
훌쩍 발을 내딛은 사도무영은 그들 사이로 뛰어들며 도를 휘둘렀다.
초겨울의 어둠이 쩍쩍 갈라졌다.
허공을 뒤덮은 수십 줄기 번개가 수라마체의 몸뚱이 속으로 스며들고, 곧 시뻘건 피분수가 솟구치며 허공이 피안개로 자욱해졌다.
가히 공포의 도법이었다.
다른 사람의 강기에 끄떡도 않던 수라마체가 저리도 쉽게 갈라지다니!
아수라구도식이 저렇게 무서운 도법이었단 말인가!

사람들은 자신의 눈을 의심했다. 감중악과 원묵의 공격에도 끄떡없던 수라마체가 아닌가 말이다.

사도무영은 백사청과 싸울 때도 자제했던 팔성의 공력을 끌어올려서 수라마체를 가른 후, 감평악을 향해 도를 뻗었다.

그러고는 품속에 손을 넣어 수라령을 꺼냈다.

"누구든 거역하는 자는 죽인다! 수라령의 이름으로!"

이제나저제나 사도무영을 공격하기 위해 눈치를 보고 있던 감평악 측의 호법과 장로들이 기겁하며 눈을 부릅떴다.

감평악도 눈이 튀어나올 것처럼 커진 채 사도무영의 손에 들린 수라령을 쳐다보았다.

"그, 그것이 왜 네 손에……."

"종주께서, 수라종파의 쓰레기들을 청소해 달라고 내게 맡겼지."

"마, 말도 안 되는 소리! 수라령은 절대 네놈에게 건네질 수 없는 것이다!"

지청악이 감평악을 옹호했다.

"총령의 말씀이 맞다. 아무래도 네놈이 종주님을 협박해서 수라령을 뺏은 모양이로구나!"

그럴 가능성도 없지 않았다. 문제는 현재 수라령이 사도무영의 손에 들려있다는 것이었다.

사람들은 사도무영과 감평악을 번갈아보았다. 사위가 조용해지며 헐떡이는 숨소리만이 들렸다.

그때 방 안에서 나지막한 목소리가 흘러나왔다.

"그의 말이…… 맞아. 내가 주었지. 쓰레기를 더 이상 방치하면……, 통째로 썩을 것 같거든……."

감교악의 목소리였다.

수라령의 등장으로 인해 워낙 조용해서, 목소리가 속삭이듯 작은데도 들을 사람은 다 들었다.

그 말을 끝으로 더 이상 감교악의 목소리는 들리지 않았다.

하지만 사람들은 감교악이 살아있다는 사실만으로도 더 이상 감평악을 편들지 못했다. 죽어가는 그가 산 사람들을 공포에 떨게 만든 것이다.

그때 중립의 입장에서 움직이지 않던 호법 곡상 등과 장로 요량이 사도무영에게 힘을 실어주었다.

"종주께선 모든 사안을 사 단주께 맡기기로 하셨소. 거부한다면 누구든 수라령의 이름으로 다스리실 것이오!"

"수라령을 거역하는 자는 본교의 반도임을 명심하라!"

일순간에 모든 힘이 사도무영을 중심으로 모여들었다.

수라십이살 앞에 서 있던 감중악과 원묵은 넋이 반쯤 빠진 채 무기를 늘어뜨렸다.

어찌 보면 그들에게는 다행인 셈이었다. 어떻게 따져도 감평악이 주도권을 잡는 것보다는 나은 것이다.

"우리는 무조건 수라령에 따르겠소!"

눈치 빠르게 원묵이 수라령에 복종했다.

감중악도 그것만이 살 길임을 알고 힘없이 고개를 끄덕였다.

이미 독기로 인해 숨을 쉬기도 힘들었다. 내장이 터졌는지 뱃속이 불에 타는 듯했다. 그가 선택할 수 있는 것은 아무것도 없었다. 아들이라도 살리려면 무조건 따르는 수밖에.

이제 마무리만 남은 상태.

사도무영은 용의 눈에 점을 찍듯이 수라도를 뻗었다.

감교악은 말을 할 수 없을 만큼 몸이 악화된 상태였다. 그런 몸으로 말을 했다는 것은 마지막이 얼마 남지 않았다는 뜻이었다.

"시간이 없는 것 같군. 이제 지옥으로 가라, 감평악!"

찰나였다.

번쩍!

도첨에 뭉친 도강이 폭발하듯이 터졌다.

감평악이 다급히 피하려 몸을 틀었다. 하지만 사도무영이 처음으로 구성의 공력을 주입해서 펼친 아수라무광일도단천식은 그가 피하기에 너무나 강했다.

쾅!

"크악!"

처참한 비명소리와 함께 감평악의 몸뚱이가 뒤로 튕겨졌다.

털썩!

이 장을 날아가 바닥에 널브러진 그는 몸을 꿈틀거리며 일어서려 했다.

하지만 그는 두 번 다시 일어날 수가 없었다. 복부가 뻥 뚫리다시피 한 상태. 숨이 붙어있다는 것이 신기할 지경이었다.

사도무영은 그의 일 장 앞까지 다가가서, 무심한 목소리로 한 가지 사실을 알려주었다.

"감평악, 죽기 전에 하나만 알려주지. 종주님은 이미 오래전에 그대가 쓴 독에 당한 상태였어. 아마 내가 들어오기 전에 그대가 종주님을 공격했다면, 성공했을 수도 있었을 거다."

바닥을 손으로 긁으며 악착같이 버둥거리던 감평악은, 그 말에 몸을 부들부들 떨며 눈을 부릅떴다. 시뻘건 두 눈이 튀어나올 것처럼 반쯤 불거졌다.

"끄, 끄, 끄……."

그는 어이가 없는지 핏물을 게워내면서도 웃음을 멈추지 못했다. 하지만 그도 잠시, 꺽! 소리를 내며 움찔하더니, 자신이 게워낸 핏물에 고개를 처박았다.

평생 감교악을 넘어서기 위해 온갖 술수를 부렸던 그는, 결국 그렇게 눈도 제대로 감지 못한 채 지옥으로 달려갔다.

지청악은 감평악이 단 일 도에 죽어버린 걸 보고 겁에 질렸다. 수라단주가 감평악을 따르던 사람들을 그대로 두겠는가 말이다.

그는 사람들의 눈이 감평악에게 쏠린 틈을 타 신형을 날렸다.

순간 고개를 든 사도무영이 허공을 향해 검지를 튕겼다. 예상하고 있었는지 찰나의 망설임도 없었다.

한줄기 번개가 그의 검지 끝에서 폭사 되었다.

퍽!

몽둥이로 모래부대를 후려친 소리가 나는가 싶더니, 지붕 위에 거의 다 올라갔던 지청악이 낙엽처럼 떨어져 내렸다.

칠팔 장의 거리가 무의미할 정도로 가공할 지법!

사람들은 숨도 제대로 쉬지 못하고 눈을 부릅떴다.

맙소사! 지청악이 단 일지에 죽다니!

감평악의 사람들은 이러지도 못하고 저러지도 못한 채 안색이 해쓱하게 질렸다.

사도무영은 회혼지를 펼쳐 사람들의 혼을 빼놓고는, 별것 아니라는 듯 담담히 입을 열었다.

"지금부터는 일체의 싸움을 허용하지 않겠소. 수라십이살은 시신을 정리하고, 다른 사람들은 모두 방으로 돌아가도록 하시오. 자세한 것은 아침에 이야기하도록 하겠소."

감평악을 따르던 사람들도, 감중악과 원묵을 비롯한 나머지 사람들도, 모두가 속으로 안도하며 서로의 시선을 피했다.

사도무영이 독한 마음을 먹으면 모두가 죽을 수밖에 없다는 걸 아는 것이다.

1.

 적도광에게 두어 가지 비밀스런 지시를 내리고 방으로 들어간 사도무영은 감교악을 바라보았다.

 이제 얼굴까지 검게 변해 있었다. 무리하게 말을 하는 바람에 독기가 얼굴을 침범한 듯했다. 이제 독기가 뇌까지 올라가면 정말 끝이었다.

 "대충 정리가 된 것 같습니다. 감중악도 죽일까 했습니다만, 독에 심하게 중독되어서 제가 직접 죽이지 않아도 살기가 힘들 것 같아 그냥 놔두었습니다. 아마 현천교에서도 그에 대해선 아무 말도 못 할 것입니다."

 감교악의 입술이 살짝 비틀렸다. 웃음처럼 보였다. 잘했다는 듯.

감중악은 암중에 현천교와 손을 잡은 자였다. 그를 직접 죽였다면, 현천교에서 다른 눈으로 봤을지도 몰랐다. 그런데 감평악 쪽에 의해 죽어가는 몸이 되었으니 사도무영에게 시비 걸 이유가 없는 것이다.

"저는 약속을 지켰으니, 이제는 종주께서 저를 도와줘야 할 것 같습니다."

감교악의 얼굴에 의혹이 떠올랐다. 곧 죽을 사람에게 뭘 도와달라는 건지 이해할 수 없다는 표정이었다.

"지금 죽고 싶어도, 악착같이 한 시진만 더 버텨주십시오."

'왜?'

사도무영은 감교악을 향해 미소를 지었다.

"종주님 핑계를 대고 사람을 하나 빼올 생각입니다. 그 일 때문에 사람을 시켜 염왕까지 불렀지요."

'염왕? 설마 진짜 염라대왕을 말하는 건 아니겠지?'

감교악이 정신이 가물거리는 와중에도 어이없는 생각을 하고 있는데, 밖에서 적도광의 목소리가 들렸다.

"단주님, 신교에서 사람이 왔습니다."

한바탕 소란이 새벽공기를 뒤흔들고 일대에 퍼져나간 상황. 현천교에서 모를 거라는 것 자체가 말도 안 되는 소리였다.

오히려 어떻게 생각하면 늦게 온 감도 없지 않았다.

사도무영은 손님을 안으로 들이지 않고 자신이 밖으로 나갔다.

찾아온 자는 북궁마야의 뒤에 서 있던 현천교의 장로 중 위호곽이란 자였다.

"종주님을 뵙고자 하네. 안에 계신가?"
"기식이 엄엄해서 사람을 만날 수 있는 상황이 아닙니다."
위호곽은 눈살을 찌푸리고 사도무영을 직시했다.

호교무장전에서 쌍령에 든 자만 아니었다면 호통이 터져 나왔을 것이었다. 그러나 자신이 아무리 현천교의 장로라 해도 쌍령에 든 자를 무시할 수는 없는 일이었다.

"어찌된 일인가? 듣자하니 많은 사람이 죽었다 들었네만."
"교의 내부적인 일입니다. 종주께서 갑자기 쓰러지시니까, 총령이 모반을 일으키려고 했습니다. 지금은 다 정리가 되었으니 걱정하지 않으셔도 됩니다."

"수라종파의 전력 약화는 곧 신교의 전력이 약화된 거와 같네. 해서 신경 쓸 수밖에 없지. 아마 대교주께서도 이번 일을 그냥 넘기시지는 않으실 거네."

"알고 있습니다. 그보다, 한 가지 부탁할 게 있습니다. 제가 찾아갈까 했는데, 마침 오셨으니 잘 되었군요."

"부탁? 무슨 부탁을 하겠다는 건가?"
"종주께서 총령이 쓴 독에 당해서 상태가 몹시 안 좋습니다. 듣자하니 제약당에 뛰어난 의원과 약재가 있다던데, 도와주시기 바랍니다."

감교악은 아홉 종파의 종주 중 한 사람이 아닌가.

혈천벽의 제약당이 아무리 비밀장소라 해도 모른 척할 수는 없는 일이었다.

"으음, 알겠네. 내 알아보고 최대한 돕도록 하겠네."

사도무영은 무심한 눈으로 위호곽을 응시했다.

"알아보고 어쩌고 할 시간이 없습니다, 장로. 만일 손도 못 써보고 이대로 종주께서 돌아가신다면, 저희 수라종파의 교도들은 현천교에서 저희를 무시한 것으로 생각할지 모릅니다."

협박이라면 협박이었다.

위호곽은 가슴이 철렁 내려앉았다.

그럴 경우, 대교주는 자신을 옹호하기보다 수라종파의 분노를 가라앉히는 것을 택할 것이다. 그게 이익이라 생각할 테니까.

"그럼 어떻게 했으면 좋겠는가?"

때마침 한 사람이 수라종파의 거처로 들어섰다.

"사 단주, 종주께서 위급하시다고 들었네. 어떻게 된 건가?"

사도무영이 적도광을 보내서 불러온 염왕, 염황적이었다. 그는 마치 감교악과 오랜 세월 사귄 것처럼 걱정스럽게 물었다.

"그것 때문에 위 장로님께 제약당을 열어줄 걸 부탁하고 있는 중입니다."

"어허! 한시가 급하다던데, 여기 서서 이야기할 시간이 어디 있단 말인가? 이보게, 위 장로. 설마 사 단주의 부탁을 거부한 것은 아니겠지?"

염황적의 불같은 성격은 구천신교에서 나이 좀 먹었다는 사람치고 모르는 사람이 없었다. 더구나 나이가 열 살이나 아래인 위호곽은 그와 오래전부터 잘 아는 사이로, 그가 화나면 앞뒤 가리지 않는다는 걸 너무나 잘 알았다.

엉덩이에 불붙은 사람처럼 화들짝 놀란 위호곽이 다급히 말했다.

"어찌 그러겠습니까? 사 단주, 지금 같이 가세."

"감사합니다, 위 장로님. 염 장로님도 같이 가시죠?"

"그럴까? 마침 내 친구가 혈천벽을 맡고 있으니 잘 되었군. 험, 가세."

적도광이 대략적인 것만 알려줬을 텐데도 염황적은 알아서 박자를 맞췄다.

게다가 그의 흉신악살 같은 얼굴도 위호곽의 마음을 움직이는데 훌륭하게 한몫했다.

'얼굴값은 확실하게 하시는군.'

2.

요만호는 꼭두새벽부터 찾아온 사람들을 보고 눈살을 찌푸렸다.

"무슨 일인데 자는 사람을 깨우는 건가? 위 장로, 아침부터 저 친구는 왜 데려온 거지? 눈뜨자마자 저 얼굴 보면 재수가 없는데."

위호곽이 입을 열기도 전에, 염황적이 눈을 부릅뜨고 소리치듯이 말했다.

"무슨 일은? 급한 일이지. 빨리 그때 그 사람 좀 불러주게나!"

"누구?"

"어허, 이 사람! 노망이라도 들었나? 벌써 잊으면 어떡하는가?"

"노망은 자네가 든 것 같군. 갑자기 찾아와서 그때 그 사람을 불러달라면 내가 어떻게 아는가?"

"엊그제 나를 진맥했던 의원 말고 내가 아는 사람이 또 있나?"

"그 사람은 왜?"

그에 대해선 사도무영이 말했다.

"저는 수라종파의 수라단주 사영이라고 합니다. 종주께서 위급지경에 빠지셨습니다. 아무래도 몸을 살펴보고 약을 처방해야 할 것 같은데, 염 장로님께서 이곳의 의원님을 추천해주셨습니다. 들어보니 매우 뛰어난 실력을 지녔다고 하시더군요."

"수라종파의 종주가?"

요만호도 일이 심상치 않음을 알고 놀란 표정을 지었다. 수라종파는 구천신교 아홉 개 기둥 중 하나. 그곳의 주인이 위험에 처했다는 것은 특급사안이었다.

염황적이 그를 다그쳤다.

"어허, 시간이 없다니까! 깔딱깔딱 겨우 숨 쉬고 있는데, 늦으면 숨이 멎을지 모른다는구먼."

요만호는 염황적을 째려보았다. 마치 '네놈이 그 꼴이어야 하는데.' 그런 표정이었다.

"그 노인은 좀 멍한 데가 있으니 다른 사람을 보내지. 그 노인보다 괜찮은 실력을 지닌 사람이 하나 있네."

그래선 절대 안 되었다. 꼭두새벽에 찾아와서 이 난리를 피우는 이유가 뭔데!

염황적이 부릅뜬 눈에 힘을 주었다.

"내가 모르는 사람이 갔다가 사고라도 나면 어떡하나? 잔말 말고 빨리 그 늙은이나 불러주게. 내 간이 부었다는 걸 바로 알아낸 걸 보니 보통 실력이 아닌 것 같아. 어서 불러달라니까!"

"거 참, 흉악한 놈이 웬일로 남을 다 칭찬하는 거지? 별일이군. 그 약을 먹고 효험이라도 봤나? 가만? 혹시…… 그거 먹고 죽었던 게 갑자기 선 것 아니야?"

"이 늙은이가……."

염황적의 얼굴이 더욱 험하게 일그러졌.

"아아, 알았네, 알았어. 바로 불러오지."

요만호는 피식피식 웃으며 손사래를 쳤다. 정말로 그런 것일지 모른다 생각한 듯했다.

곧 망혼도인이 눈을 비비며 나왔다.

사도무영을 본 그는 손가락 사이로 눈을 반짝이고는 요만호를 향해 물었다.

"무슨 일인데 부른 거요?"

"노인장이 수고 좀 해줘야겠네. 극독에 중독되어서 죽기 직전에 처한 사람이 있다니, 가서 좀 봐주게나."

망혼도인은 하품을 하는 척하며 말했다.

"그럼 해독약을 가져와야겠습니다요."

"빨리 가져오게. 늦으면 저 흉신악살처럼 생긴 놈이 가만두지 않을 거네."

3.

사도무영이 망혼도인과 함께 감교악의 방으로 다시 돌아온 것은 이 각 만이었다.

감교악은 아직 살아있는 상태였다.

방 안에는 사도무영과 망혼도인, 염황적과 위호곽만 들어갔다. 계속 함께 있을 수는 없는 일. 사도무영이 슬쩍 눈짓을 보내자, 염황적이 위호곽을 처리했다.

"안 바쁜가? 이곳은 사 단주에게 맡기고 우리는 가지?"

위호곽도 현천교의 장로인 자신을 아무렇게나 취급하는 염황적과 함께 있고 싶지 않았다. 지금쯤 수하들이 조사를 마쳤을 터, 더 있어 봐야 특별하게 할 일도 없고.

'흥, 항상 자신이 윗사람인 줄 아나 보지? 나도 같은 장로거늘……'

하지만 건드려봐야 좋을 게 없었다.

"알겠습니다. 그럼 저 먼저 가 보지요."

염황적도 이 일에 더 휘말리고 싶은 마음이 없는 사람이었다.

"사 단주, 그럼 나중에 보세."

"와주셔서 감사합니다. 그럼 편히 쉬십시오."

그 즈음, 망혼도인은 침상 앞에 서서 누워 있는 감교악을 바라보았다. 깊게 생각할 것도 없었다.

'이미 염라대왕 앞까지 끌려가서 처분만 기다리는 놈이군.'

돌아가는 상황을 오면서 사도무영에게 전음으로 들은 터였다.

그는 자신의 마음을 내색하지 않고, 눈을 지그시 감은 채 진맥하는 척했다.

곧 염황적과 위호곽이 나가고 방문 닫히는 소리가 들렸다.

슬쩍 눈을 뜬 그가 몸을 돌리자, 사도무영이 다가가 물었다.
"얼마나 더 살 수 있겠습니까?"
"이대로 놔두면 일 각 정도? 이미 명부에 오른 놈이다."
"손을 쓰면요?"
"그럼 서너 시진은 더 살겠지."
"일단 그 정도라도 목숨을 연장시켜 주시지요."
"그거야 어렵지 않지. 내가 가져온 약을 먹이기만 하면 되니까."

망혼도인은 품에서 가져온 약을 꺼내 찻물에 탔다.

독을 완화시키고 잠력을 격발시키는 약이었다. 그 약을 먹으면 잠력이 다 소진될 때까지는 숨이 끊어지지 않을 것이었다. 대신 대라신선이 와도 살 수가 없겠지만.

망혼진인은 감교악의 입안으로 약을 흘려 넣고, 혈을 눌러 약이 위장으로 들어가게 했다.

그는 찻잔의 약을 다 비운 후에야 사도무영을 돌아보았다.

"너, 많이 말랐다? 왜 그렇게 변한 거지? 하마터면 나도 못 알아볼 뻔했잖아?"

그야 다 사부님 때문이죠!

"이 년 넘게 고생하다 보면 다 저처럼 될 겁니다."

"그래도 생각보다 더한데?"

사도무영은 얼굴을 바짝 내밀고 또박또박 말했다.

"그만큼 더 고생했단 말이죠."

찔끔한 망혼진인은 사도무영을 힐끔거렸다.

"고생이야 뭐…… 나도 했지."

말해 뭐 하랴. 고생이야 했겠지. 자유롭게 돌아다니던 분이 혈천벽에 갇혔으니 오죽 답답했을까.

사도무영은 한숨이 나왔지만 망혼진인을 더 몰아붙이지 않고 말을 돌렸다.

"사부님, 화설 누이는 만나봤습니까?"

"들어오자마자 놈들에게 들켰지 뭐냐. 싸워 봐야 좋은 꼴 보기 힘들게 생겨서, 머리를 굴려 연단 좀 할 줄 안다고 했더니 바로 혈천벽에다 처박더라고."

그나마 대항을 하지 않고 얌전히 있었던 게 다행이 아닐 수 없었다.

"그럼 계속 혈천벽 안에서만 생활했습니까?"

"거의 그랬지. 어쩌다 한 번 혈천벽을 나와도, 감시가 심해서 조화설을 만나러 갈 수가 없었다."

"듣자하니 혈천벽의 제약당에서 무슨 비밀스런 일을 진행한다던데요. 그 일에 대해서 아시는 게 있습니까?"

"당연히 알지. 내가 마단제조를 주관하는 두 사람 중 하나니까."

사도무영은 어이없는 표정으로 망혼진인을 바라보았다.

"사부님이 마단 만드는 일을 주관했다고요?"

"그래. 그런데 그 일은 너무 걱정할 것 없다. 내가 마단을 만들 재료에 수작을 부려놨거든. 아마 재료가 이상하다는 걸 알아도 다시 그 재료들을 다 준비하고 만들려면 적어도 이삼 년은 더 걸릴 것이다."

그래도 거둔 성과가 전혀 없는 것은 아니었다. 적어도 마단인가 뭔가가 완성되는 시기를 몇 년은 뒤로 미루게 했지 않은가 말이다.

망혼진인은 사도무영의 표정이 풀어지는 것처럼 보이자, 기회를 놓치지 않고 말을 돌렸다.

"그런데…… 이제 어떻게 할 거냐?"

"오전에 호교무장전의 마지막 결전이 벌어지면 사람들의 시선이 모두 그곳으로 쏠릴 겁니다. 사부님은 그 사이 이곳을 빠져나가세요."

"너는?"

"결전이 끝나고 나면 약간의 소란이 벌어질 겁니다. 저는 그때 빠져나가도 됩니다."

"조화설은 그냥 놔두고?"

사도무영은 호당과 한 약속에 대해서 간단하게 말해주었다. 그러고는 망혼진인이 엉뚱한 행동을 하지 못하게 재삼재사 강조해서 말했다.

"화설 누이는 그 사람들이 빼돌릴 겁니다. 그러니 그 일은 걱정 마시고, 사부님은 사부님대로 곧장 이곳을 빠져나가서 최대한 멀리 가세요. 그래야 저도 움직이기가 쉬워지니까요."

망혼진인은 뭐라고 말을 하려다가 그냥 입을 꾹 다물었다. 그 말을 하면 사도무영이 절대 받아줄 리가 없었다.

4.

사도무영은 해가 뜨고 난 후에야 도담을 찾아갔다. 좌정한 채 눈을 감고 있던 도담은 사도무영이 나타나자 운기를 멈추고 눈을 떴다.

내상이 많이 나아진 듯 훨씬 평온한 표정이었다.

"감평악이 죽었습니다."

사도무영은 두 마디 말로 상황을 설명했다.

도담은 예상했던 대로 일이 진행되었음을 짐작하고 허탈한 표정을 지었다.

"결국 그는 종주의 상대가 아니었나? 하긴 나도 종주가 이곳에서 모든 것을 정리할 거라고는 꿈에도 생각지 못했으니……. 크큭, 곧 피바람이 불겠군."

"피바람은 불지 않을 것입니다."

"그댄 종주를 모르는군. 종주는 그대 생각처럼 단순한 자가 아니네. 수십 명 정도는 눈 하나 깜빡하지 않고 죽일 수 있는 사람이지."

"살 수 있다면 그럴지도 모르지요."

"무슨…… 말인가?"

"그는 오늘을 넘기지 못할 거요. 당신이 오래전에 쓴 독으로 인해서 심장이 반쯤 녹아버렸으니까."

"그게 정말인가?"

"아마 최대한도로 버텨도 네 시진을 넘길 수 없을 겁니다."

"그런데 왜 나를 살려주라고 한 거지? 독을 쓴 사람이 나라는 걸 알았다면 제일 처참하게 죽이려 했을 텐데?"

"그리고 보니 나보다 당신이 더 종주를 모르는군요. 종주는 전부터 당신이 독을 썼다는 걸 알고 있었습니다. 당신을 죽여야 했는데, 왜 죽이지 못했는지 자신도 모르겠다고 하더군요."

도담은 멍한 표정으로 사도무영을 바라보았다.

"그가…… 그렇게 말했다고?"

"그는 악독한 자지만, 그렇다고 해서 진짜로 피에 미친 자는 아니었습니다."

사도무영은 감교악이 왜 세 명의 부인을 모두 죽였는지 들은 대로 이야기해주었다.

"판단은 당신이 하십시오."

도담은 고개를 푹 숙이고 넋이 빠진 표정으로 멍하니 바닥만 바라보았다.

"정말…… 정말…… 웃기는 자군. 왜 나를…… 살려둔 거지? 왜……."

사도무영은 혼잣말처럼 중얼거리는 도담의 뒤통수에 대고 속에 담아둔 말을 꺼냈다.

"나는 이곳을 떠날 것입니다. 내가 알기로는 당신도 구천신교에 별 정이 없는 것 같던데, 차라리 이 기회에 이곳을 떠나는 게 어떻겠습니까?"

도담이 천천히 고개를 들었다.

"구천신교를…… 수라종파를…… 떠난다?"

"세상은 넓습니다. 평생 봐도 한쪽 구석만 겨우 볼 수 있을 정도지요. 아마 여기저기 구경하면서 다니다 보면 마음도 많이 정리가 될 겁니다."

1.

수라종파에서 모반이 일어났다는 소문은 순식간에 묵천곡을 뒤덮었다. 하지만 그러한 일도 호교무장전의 마지막 대결을 막지는 못했다.

사시 초.

사도무영을 중심으로 한 수라종파의 교도들이 비무대가 있는 광장으로 몰려가자 사람들이 수군거렸다.

"감평악이 종주를 독살하려고 했다더군."

"거의 성공 직전에 수라단주 사영이 나서서 감평악을 죽였다고 하네."

"그럼 이제 어떻게 되는 거지? 사영이 수라종파의 종주가 되는 건가?"

"종주의 지위가 어디 무공만 강하다고 되는 것인 줄 알아? 듣기로는 사영이 수라령주의 지위로 차기 종주를 선택할 거라는 말도 있더군."

"좌우간 저 새끼, 완전 튀었군. 이거 신교가 강호에 나가면 한자리 하겠는데?"

사도무영은 그들의 말을 흘려들으며 대교주와 각 종파의 종주들이 있는 곳으로 갔다.

소문을 들었든 보고를 받았든, 수라종파에서 벌어진 일을 모두 알고 있을 게 분명했다. 그래도 정식으로 그들에게 알려야했다. 자신이 임시로 수라종파를 지휘하게 되었다는 걸.

사도무영은 북궁마야를 향해 두 손을 들어 올리고 담담한 어조로 입을 열었다.

"본교에서 벌어진 일에 대해선 들었을 줄로 압니다. 종주께선 저에게 수라령을 주시고, 후임 종주가 선택될 때까지 교를 지휘하라 하셨습니다. 본교의 대표로서, 어이없는 일이 발생해 대교주님을 비롯해 모든 종주님들께 심려를 끼친 점 죄송스럽게 생각합니다."

북궁마야는 사도무영을 지그시 바라보며 수염을 쓰다듬었다.

"일이 원만히 해결되었다니 그나마 다행이군. 이미 벌어진 일이야 어쩔 수 없는 일, 앞으로가 더 중요하니 더욱 노력해서 잃어버린 힘을 되찾도록 해라."

"예, 대교주."

신월종파와 화화종파, 금황종파의 종주들은 속으로 시원했지만, 겉으로는 짐짓 걱정하는 표정을 짓고 한마디씩 했다.

"험, 몇 사람 죽었다고 흔들릴 수라종파인가? 오히려 모반을 하려던 자를 제거했으니 잘 된 일일지도 모르지."

"힘든 일을 겪었을 텐데, 어지간하면 오늘 쉬지 그러나?"

"혹시 감평악을 지지하던 놈들이 더 있을지도 모르는데, 그들은 그냥 놔둘 생각인가?"

사도무영은 잔머리 굴리는 종주들을 무심한 눈으로 바라보았다.

"마음을 바꾼 사람들까지 죽일 필요는 없지요. 그들을 죽여봐야 결국 신교의 전력만 약화되지 않겠습니까?"

이들은 더 많은 사람이 죽지 않은 것을 아쉬워하는 듯했다.

어쩌면, 차라리 사도무영이 죽고 감평악이 살았으면 더 좋았을 거라는 생각을 할지도 몰랐다. 그래야 자신들의 위치가 수라종파에 위협받지 않을 테니까.

'걱정하지 마쇼들. 제발 있어달라고 해도 떠날 테니까.'

그는 쓸데없는 걱정을 하는 종주들을 뒤로 하고 몸을 돌렸다. 이제 마지막 무대를 연출할 시간이 다가오고 있었다.

비무대 위에는 현유가 먼저 올라와 있었다.

사도무영은 그와 삼 장의 거리를 두고 멈춰 섰다.

"멋진 대결을 펼쳤으면 좋겠군."

현유가 나름 자신감 넘치는 표정으로 말했다. 하지만 사도무영은 그가 그 어느 때보다 긴장하고 있다는 것을 느끼고 슬쩍 미소를 베어 물었다.

"저 역시 최선을 다하도록 하겠습니다."

그때 홍노민이 결전의 시작을 알렸다.

"이제부터 호교무장전의 마지막 대결을 시작하겠소이다!"

사방에서 함성이 터져 나왔다.

와아아아아!

2.

멀리서 함성이 들렸다. 호교무장전의 마지막 대결이 시작된 듯했다.

숨을 크게 들이쉰 조화설은 자리에서 일어나 방을 나섰다.

방을 나선 그녀는 곧장 계단을 내려가 뒷마당으로 나갔다. 평소에도 볼일 보러 가는 방향이었기에 암중에 그녀를 감시하던 자들도 제지하지 않았다.

하지만 뒷마당으로 나간 그녀가 뒷문 쪽으로 걸음을 옮기자 상황이 달라졌다. 그녀가 채 열 걸음을 옮기기도 전에 장한 하나가 날아 내리더니 앞을 막았다.
 암중에 그녀를 감시하는 사람들 중 하나였다.
 "어디를 가시려고 그쪽으로 가십니까, 아가씨."
 조화설은 담담한 표정으로 그를 바라보았다.
 "미안해요."
 장한은 그녀의 뜬금없는 말에 어리둥절한 표정을 지었다.
 그러다 뒷문을 통해 누군가가 들어온다는 걸 알고 고개를 돌려 뒤를 바라보았다.
 "호 장로님, 무슨 일로 오셨습니까?"
 장한은 들어온 사람이 호당이라는 걸 알고 황급히 고개를 숙이며 물었다.
 그 사이 장한의 코앞까지 다가온 호당은 대답 대신 손을 쳐들었다.
 퍽!
 일말의 사정도 없는 일수가 장한의 목을 후려쳤다.
 장한은 비명을 지를 새도 없이 목이 괴이하게 꺾인 채 그 자리에 쓰러졌다.
 그와 동시에 건물 쪽에서도 나직한 신음이 흘러나왔다.
 "크윽."
 호당은 그 즉시 조화설을 재촉했다.
 "아가씨, 어서 가시지요."
 조화설은 입술을 살짝 깨물고 발을 떼었다.

3.

쩌저정!

검광과 도광이 얽혀들며 일 장 두께의 얼음 갈라지는 소리가 연속적으로 터져 나왔다.

사도무영은 현유에 맞춰 공력을 조절하며 팽팽한 접전을 유지했다.

마음 같아서는 당장 현유를 때려눕히고 이전에 당한 복수를 하고 싶었다. 하지만 서둘러선 안 되었다. 지금쯤 망혼진인과 조화설이 빠져나가고 있을 터. 그들이 최대한 멀리 벗어날 때까지 시간을 벌어주어야 했다.

반면 현유는 사도무영이 한 치도 밀리지 않고 자신의 공세를 차단하자 초조해졌다.

벌써 삼십여 초가 흘렀는데 조금도 우세를 점하지 못하고 있는 상황. 그나마 밀리지 않는 게 다행이었다.

'개자식! 그 동안 철저히 숨기고 있었군. 백사청을 이긴 것도 우연이 아니었어!'

상황을 변화시킬 방법이 없는 것은 아니었다. 자신의 비장절기인 무형묵령기를 펼친다면 우세를 점할 수 있을지도 몰랐다.

그러나 승부를 단숨에 결정짓기 위해선 최대한 좋은 기회를 노려야 했다. 어설프게 무형묵령기를 펼치고 별 효과를 보지 못한다면, 상대에게 경각심만 줄뿐이었다.

팽팽한 격전이 백 초를 넘어가자, 지켜보던 사람들이 오히려 손에 땀을 쥐었다.

함성은 잦아들었지만 긴장감은 더욱 고조되어서 숨 쉬는 것조차 잊을 지경이었다.

뜻밖의 일이 벌어진 것은 그렇게 이백 초가 넘어갈 무렵이었다. 혈천벽 안에서 폭음이 들린 것이다.

쿠구구궁!

사람들은 난데없는 소리에 일제히 고개를 돌렸다.

사도무영은 폭음이 들린 직후 아수라무광일도단천식을 펼쳤다.

일순간, 폭발하듯이 뿜어진 도광이 현유를 뒤덮었다.

'아차!'

폭음으로 인해 찰나 간 정신이 흐트러졌던 현유는, 검에 다급히 공력을 더 쏟아 넣고 도세에 맞섰다.

그러나 그가 생각했던 것보다 사도무영의 도세는 더 강하고 빨랐다.

쾅!

이번에는 비무대 위에서 굉음이 터져 나왔다.

"크으!"

신음을 토해낸 현유는 이를 악문 채 뒤로 주르륵 밀려났다.
악다문 그의 이 사이로 언뜻 핏물이 보였다.
하지만 사람들은 비무대 위의 결과에 신경 쓸 틈이 없었다. 혈천벽의 한쪽이 쩍쩍 갈라지고 있었던 것이다.
"혈천벽이 갈라진다! 무너질지 모르니까, 조심해!"
"저, 저런!"
현천교의 사람들이 혈천벽 내부로 들어가는 입구를 향해 달려갔다. 북궁마야의 곁에 있던 장로들도 혈천벽을 향해 몸을 날렸다.
그 사이 사도무영은 더욱 강하게 현유를 몰아붙였다.
현유는 우수로는 검을, 좌수로는 무형묵령기를 펼치며 사도무영의 도세에 대응해 봤지만, 그가 강하게 대응하는 만큼 사도무영의 공세도 강해졌다.
콰광!
또다시 벽력음이 터져 나오며 현유의 몸이 일 장 가량 밀려났다.
사도무영은 암암리에 회천무벽으로 몸을 보호하고 현유를 향해 쇄도했다. 우수의 수라도에선 아수라구도식의 후반 삼초식이, 좌수에선 혈라수의 껍질을 쓴 풍뢰수가 펼쳐졌다.
쩌저적! 퍼벅!
순간적으로 삼 초의 격돌이 이루어졌다.
현유의 비장절기인 무형묵령기는 그가 생각했던 만큼의 위력을 보이지 못했다.

 회천무벽은 무형묵령기를 완전히 봉쇄했고, 수라구도식은 현유의 방어막을 분쇄했다.

 뒤이어 풍뢰수가, 부서진 방어막을 뚫고 현유의 가슴을 통타(痛打)했다.

 쾅!

 "컥!"

 입이 쩍 벌어진 현유의 몸뚱이가 이 장 밖으로 튕겨나갔다.

 사도무영은 그림자처럼 현유를 따라가며 도를 뻗었다.

 워낙 빨리 벌어진 일인데다가, 대부분의 사람들이 혈천벽에 신경을 쓰고 있어서 그 상황을 제대로 본 사람은 몇 없었다.

 홍노민도 잠깐 혈천벽으로 고개를 돌렸던 상황이었다. 은연중 사도무영과 현유의 대결이 끝나려면 아직 멀었다는 생각을 하고 있었던 것이다.

 제일 먼저 상황을 깨닫고 반응을 보인 사람은 북궁마야였다.

 "멈춰라!"

 사도무영은 망설이지 않을 수 없었다.

 도첨과 현유의 거리는 석 자 정도.

 이대로 도를 뻗으면 현유를 죽일 수 있었다. 그러나 자신이 고의로 현유를 죽였다는 걸 북궁마야 정도의 고수가 모를 리 없었다.

찰나의 순간, 결정을 내린 그는 현유의 가슴을 가르려는 도를 틀었다.

서걱!

도세가 현유의 왼쪽어깨와 얼굴을 훑고 지나갔다.

"흐읍!"

현유는 신음을 들이키며 뒤로 굴렀다.

사도무영은 쇄도하던 몸을 멈추고, 서너 바퀴 구른 후 억지로 상체를 일으키는 현유를 바라보았다.

길게 갈라진 그의 어깨에서 피가 뭉클거리며 흘러나왔다. 내상도 심해서 몇 달 이상 요양을 해야 할지 몰랐다. 하지만 현유는 턱에서 코까지 갈라진 얼굴에 더욱 신경이 쓰인 듯했다.

갈라진 얼굴을 가린 손가락 사이로 피가 줄줄 흘러내렸다.

"네, 네놈이……."

사도무영은 무심한 눈으로 그를 보며 담담이 말했다.

"운이 좋았던 것 같소."

묘한 말이었다. 운이 좋아 이겼다는 건지, 아니면 운이 좋아 살았다는 건지, 듣는 입장에 따라 다르게 들리는 말이었다.

현유가 이를 뿌드득 가는데, 뒤늦게 홍노민이 사도무영의 승리를 알렸다.

"사, 사영……. 승!"

바로 그때, 혈천벽에서 두 번째 폭음이 들렸다.

콰르르릉!

그리고 곧 갈라진 절벽이 십여 장 높이에서 무너져 내렸다.

'사부님이 계시던 곳을 무너뜨렸군.'

호당의 일행들이 행한 일이었다. 연단실은 현천교에서 가장 중요한 곳 중 하나. 그곳을 무너뜨리면, 모든 사람의 신경이 그곳에 집중될 수밖에 없을 거라 생각한 것 같았다.

또한 연단실에서 만들어지고 있는 마단의 제조도 막을 수 있을 것이고.

한편, 북궁마야는 피를 흘리며 서 있는 현유에게서 시선을 떼고 사도무영을 바라보았다. 표정은 무덤덤했지만, 그렇다고 해서 현유의 패배에 아무런 감정도 없는 것은 아니었다.

'나약한 놈들. 한참 어린놈에게 형편없이 패하다니. 그동안 내가 너무 편하게 길렀어!'

혈천벽에서 두 번째 폭음이 들린 것은 바로 그때였다.

고개를 돌린 그는 혈천벽을 보고 눈을 치켜떴다.

무너지는 절벽 안쪽 석실에서 불길이 번지고 있었다. 대체 혈천벽 안에서 무슨 일이 벌어진 거란 말인가!

호교무장전이 아무리 중요해도 혈천벽이 무너지는 것보다 더 중요한 일은 아니었다.

북궁마야는 그 자리에서 허공으로 붕 떠오르더니, 쏜살처럼 혈천벽을 향해 날아갔다.

다른 종파의 종주들과 교도들도 모든 신경을 혈천벽에 집중하고 그곳을 향해 다가갔다.

비무대 위에 서 있던 사도무영은, 이를 갈며 자신을 바라보는 현유를 응시했다. 혈천벽의 폭발로 인해 비무대의 일은 관심 밖의 일이 되어 버린 상황이었다.

현유가 한 서린 눈으로 사도무영을 보며 말했다.

"절대 오늘의 일을 잊지 않을 것이다. 다음에는 반드시 네놈의 심장을 꺼내 씹어 먹고 말겠다."

한이라면 사도무영도 그 못지않았다.

"좋을 대로. 그런데 그럴 기회가 있을지 모르겠군."

무심한 말투로 나직이 말한 사도무영은 더 이상 그를 상대하지 않고 몸을 돌렸다. 그를 더 보고 있으면 죽일지 몰랐다.

현유는 피눈물을 흘리며 사도무영의 뒷모습을 노려보았다. 코를 베고 스쳐지나간 도기에 한쪽 눈마저 상해버린 그는 붉게 보이는 사도무영을 바라보다 이마를 찌푸렸다.

'저 죽일 놈의 모습이 왜 이렇게 눈에 익지?'

비무대를 내려온 사도무영은 혈천벽 쪽으로 가는 척했다. 이미 많은 사람들이 혈천벽 아래에 몰려가 있고, 현천교 사람들은 불을 끄기 위해서 대부분 출입구로 들어간 상태였다.

그때 거처에 남겨 놓았던 미고가 달려오며 소리쳤다.

"단주님! 종주님께 가 보셔야겠습니다!"

사도무영은 고개를 돌려 수라종파의 장로와 호법들을 바라보았다. 그러고는 제법 큰 목소리로 말했다. 많은 사람들이 들을 수 있게.

"아무래도 종주께서 위급하신 모양입니다. 저는 거처로 가서 종주님을 돌볼 테니, 여러분들은 이곳을 도와주시기 바랍니다."

수라령주의 명이다. 수라종파의 사람들은 누구도 사도무영의 명을 거역하지 못했다.

장로인 요량이 걱정스런 표정으로 사도무영의 발걸음을 재촉했다.

"알겠소, 령주. 어서 가 보시구려."

사도무영은 지체 없이 몸을 돌리고 수라단을 불렀다.

"수라단만 나를 따라오시오!"

구천신교의 모든 사람들이 감교악의 위독함을 알고 있는 상황이었다. 미고가 급히 달려와 알릴 때는 감교악의 상태가 좋지 않다는 말. 사도무영과 수라단이 떠나는데도 누구 하나 의문을 품지 않았다.

사도무영이 자신을 바라보는 시선 하나에 신경이 쓰인 것은 광장을 막 벗어나려 할 때였다.

'여화란……'

환희종파의 여인들은 다른 종파와 달리 혈천벽 쪽에 가까이 가지 않고 멀리서 바라보기만 했다.

여화란은 그녀들 틈에서 사도무영을 주시했다. 혈천벽이 무너질 때도 잠깐만 돌렸을 뿐, 그녀의 시선은 처음서 끝까지 사도무영을 향해 있었다.

 사도무영도 그걸 모르지 않았다. 억지로 신경을 쓰지 않았을 뿐.

 한데 이제 가면 다시는 볼 수 없을지도 모른다는 생각을 하자 자신도 모르게 고개가 돌아갔다. 그녀는 여전히 눈밑을 면사로 가리고 있었다.

 '결국 얼굴도 못 보고 헤어지는군.'

 두 사람의 눈이 마주친 것은 찰나 간에 불과했다. 그것도 십오륙 장의 거리였다.

 그런데도 사도무영은 기이한 생각이 들었다.

 왜 여화란의 눈에 슬픔이 가득한 것처럼 느껴지는 걸까? 꼭 정든 이를 떠나보내는 사람처럼.

 '내가 잘못 봤나?'

 자신이 떠난다는 걸 여화란이 알 리가 없었다. 특별히 정들 일도 없었고.

 그는 의아해하면서 광장을 완전히 벗어났다.

 여화란은 사도무영이 사라질 때까지 시선을 떼지 않았다.

4.

 감교악의 방으로 가자, 도담이 모든 준비를 마친 채 대기 중이었다.

"준비가 끝났습니다, 령주."

도담이 새삼스럽게 존대를 하며 고개를 숙인다.

사도무영은 갑작스런 그의 존대가 어색했지만, 사소한 일로 지체할 시간이 없었다.

"적 형, 앞장서시오."

"예, 령주."

적도광이 어깨를 펴고 수라단과 함께 방을 나서자, 사도무영과 도담이 그 뒤를 따라갔다.

그리고 수라십이살 중 네 사람이 멘 사인교가 바로 뒤따라 나가고, 맨 뒤는 수라십이살 중 여덟 사람이 맡았다.

그들은 의문을 품지 않았다. 감교악이 사도무영에게 수라령을 맡겼다는 걸 아는 이상, 그들의 주인은 이제부터 사도무영이었다. 사도무영이 어떤 길을 가더라도.

수라종파가 거주하는 건물 앞에는 현천교의 무사 네 사람이 만일의 사태에 대비해서 경비를 서고 있었다.

그들은 무려 삼십여 명에 달하는 사람들이 사인교와 함께 수라종파의 거처를 나오자 눈을 휘둥그렇게 떴다.

"무슨 일입니까?"

적도광이 싸늘한 안광을 번뜩이며 냉랭히 말했다.

"종주님께서 위독하시다는 걸 몰라서 묻나? 이곳에서 준 해독약을 복용하셔도 차도가 없으니 수라곡으로 모실 생각이다.

그곳이라면 감평악이 만든 해독약이 있을지 모르니까. 사람을 보냈으니 신교의 대교주께서도 곧 아시게 될 일. 한시가 급하니 우리 먼저 출발하고자 한다. 오죽하면 호교무장전에서 우승한 령주님마저 모든 것을 팽개치고 달려왔겠는가! 령주, 가시지요."

감히 일개 경비무사가 막을 수 없는 행차였다.

호교무장전에서 우승한 사람마저 모든 것을 포기하고 발걸음을 재촉하고 있지 않은가. 잘못했다가는 목이 날아갈 판이었다.

그때 사도무영이 경비무사의 수장으로 보이는 삼십 대 장한에게 말했다.

"그대들이 경계를 벗어날 때까지 앞장서 주시오. 자칫 다른 경비들이 길을 막아서 시간이 지체되면 큰일이니 말이오. 오늘 일에 대해선 나중에 보답해 주겠소."

삼십 대의 무사는 재빨리 고개를 숙였다. 호교무장전의 우승자라는 걸 떠나 현 수라종파의 최고 책임자인 수라령주에게 잘 보여서 나쁠 것은 없었다.

"그도 그렇군요. 하하, 저희를 따라오십시오!"

사람들은 사도무영을 힐끔 쳐다보았다. 경비무사가 앞장선다면 곡 외곽의 현천교도들도 의심하지 않을 터. 적까지 이용하는 사도무영의 잔머리에는 두 손 두 발 들지 않을 수 없었다.

그렇게 계곡을 빠르게 빠져나온 행렬은, 자신들의 무사를 비는 경비무사들을 뒤로한 채 곧장 폭포 쪽을 향해 달려갔다.

사도무영은 운무에 가려진 분지 입구를 바라보며 걸음을 옮겼다.

'지금쯤 사부님은 분지를 완전히 빠져나갔겠지?'

망혼진인은 굳이 승천관을 통해서 나갈 필요가 없었다. 선풍류를 펼친다면 백 장 높이의 절벽이라도 발길을 막을 수 없을 테니까.

문제는 조화설이었다. 그녀를 데리고 절벽 쪽으로 내려간다는 것은 너무 위험한 일이었다. 호당의 신법도 신법이지만, 경비무사들에게 들킬 가능성이 높았다.

해서 그들은 승천관으로 들어가는 입구 근처에서 그들을 기다리기로 한 상태였다.

한데 아무런 소리도 들리지 않고, 별다른 움직임도 느껴지지 않는 걸 보니, 적어도 현재까지는 우려할 만한 일이 벌어지지 않은 듯했다.

5.

한편, 비틀거리며 비무대에서 내려온 현유는 혈천벽으로 가지 않았다.

현천교의 주요 인사들은 대부분 혈천벽으로 달려가고, 비무대 아래에는 이삼십 명만이 남아 있었다. 모두 현유의 사람들이었다.

그가 의자에 앉자 두어 사람이 달려들더니, 옷을 찢어 얼굴과 어깨를 감쌌다.

그동안 그는 망연한 눈으로 허공을 응시했다.

그때 문득 한 사람이 묵원 쪽에서 달려오는 게 보였다. 묵원 경비의 책임자인 수곡당(守谷堂)의 부당주 연평이었다.

'응? 저자가 왜 저리 급하게 달려오지?'

연평은 자신을 향해 곧장 달려오고 있었다. 목적이 자신에게 있는 것 같았다.

아니나 다를까, 연평은 그의 일 장 앞에서 걸음을 멈추고 다급히 입을 열었다.

"삼공자, 거처를 지키던 경비들이 모두 피살되었습니다."

현유는 눈살을 찌푸리고 연평을 노려보았다.

"그게 무슨 말인가? 누가, 왜 그들을 죽인단 말인가?"

"다른 여인들은 그대로 있는데, 조화설만 보이지 않는 것이 아무래도……."

이를 악문 현유는 억지로 자리에서 일어났다. 내장이 끊어질 것 같고 머리가 어지러웠지만, 그는 불길이 이는 눈으로 연평을 바라보았다.

"화설이 없다고?"

"조화설의 능력으로는 경비무사를 제거할 수 없습니다. 아무래도 누군가가 그녀를 빼돌린 것 같습니다."

누구보다 현유가 조화설을 잘 알았다. 그녀는 겨우 이류무사 수준의 내력을 지녔을 뿐이었다.

경비무사 하나도 감당할 수 없는 실력. 그녀 혼자서는 절대 그곳을 빠져나갈 수 없었다.

현유는 고개를 돌려 혈천벽 쪽을 바라보았다.

모든 사람의 신경이 그곳을 향한 상태였다.

바로 그때, 언뜻 한 가지 가정이 떠올랐다.

만일 혈천벽이 무너지고 화재가 난 것과 조화설이 사라진 것과 연관이 있다면?

가능성이 충분했다. 아니 분명 그런 것 같았다.

'이런 빌어먹을! 철저히 계획적이었어! ……가만?'

현유는 급살이라도 맞은 사람처럼 번쩍 고개를 들고 사도무영이 사라진 곳을 직시했다.

'사영이라는 놈……. 혹시 그놈도……?'

어디서 본 듯했던 그 느낌. 정확하진 않지만, 아무래도 두 사람이 사라진 것에 연결고리가 있을 것만 같다.

현유는 자신의 감각을 믿기로 했다.

"당장 수라종파의 거처로 가 봐라! 사영이라는 놈이 거기에 있나 알아봐!"

"알겠습니다, 삼공자."

연평이 몸을 돌려 광장을 떠나자, 현유는 이를 뿌드득 갈며 몸을 떨었다.

조화설의 도주가 중요한 일이긴 해도 혈천벽에서 벌어진 일만은 못했다. 자신이 사영에 대한 의문을 말해도 사람들이 얼마나 믿어줄지 의문이었고.

그렇다고 손 놓고 있을 수도 없는 일. 그는 즉시 주위 사람들에게 명을 내렸다.

"갈 당주는 혈천벽으로 가서 대교주님께 조화설이 도주했다는 걸 알리시오. 그리고 그대는 두 분 사형에게 가고, 나머지는 당장 움직일 수 있는 사람을 모으도록 하시오! 말할 때 사영이 관련되어 있을지 모른다는 말도 반드시 전하도록 하시오!"

"예, 삼공자!"

주위에 서 있던 사람들이 혈천벽으로 달려갔다.

사람들이 썰물처럼 그의 곁을 떠나자, 현유는 털썩 의자에 앉으며 욕설을 퍼부었다.

"사영, 이 개자식······. 만일 네놈이 정말 관련되어 있다면, 절대 가만두지 않을 것이다. 감히 내 계집을 욕심내다니! 화설, 네년은 절대 내 손을 빠져나갈 수 없어!"

얼마 안 있어 북궁조와 백사청이 혈천벽 안에서 다급히 뛰어나왔다.

북궁조가 날듯이 현유에게 다가오며 물었다.

"사제, 무슨 말이냐? 조화설이 도주했다니?"

백사청은 조화설보다 사도무영에 대한 것이 더 궁금했다.

사부가 내준 영단을 복용하고, 장로 둘의 도움을 받으며 밤새 치료한 덕에 내상은 팔 할 가량 치유된 상태였다. 그러나 최상의 금창약을 썼음에도, 옆구리의 상처가 아직 아물지 않아서 걸을 때마다 욱신거렸다.

그 모두가 사영이라는 놈 때문이 아닌가 말이다.

그는 한광을 번뜩이며 넌지시 물었다.

"사영이 관련되었다는 게 사실이냐?"

"조화설을 지키던 경비무사들이 모두 피살되고, 그녀가 사라졌습니다. 그리고 사영도 갑자기 이곳을 빠져나갔는데, 아무래도 수상합니다."

백사청은 사영이 그 일에 관련되었을지 모른다는 게 반가웠다.

죽이고 싶어도 그럴 수 없는 게 한이었는데, 사실이라면 공식적으로 죽일 수 있는 것이다.

그러나 북궁조는 백사청과 사정이 달랐다.

"사영이 관련되어 있다는 게 확실한 것이냐?"

"연평을 수라종파의 거처로 보냈습니다, 대사형. 놈이 조화설의 도주와 관련이 있다면, 그곳에 없을 겁니다."

애매모호한 대답이었다. 하지만 백사청은 사영이 이번 일에 관련된 것처럼 말했다.

"그렇다면 이대로 있을 때가 아닌 것 같습니다, 대사형, 일단 제가 사람들과 함께 수라종파의 거처로 가 보고 나서 조화설을 쫓겠습니다."

단지 조화설만의 문제라면 굳이 그가 나설 일이 없었다. 아직 몸도 완전치 않은데, 왜 손해 볼지 모르는 일을 한단 말인가.

그러나 사영이라면 달랐다. 자신이 직접 손보지는 못해도, 놈을 때려눕힐 수 있는 사람을 데려가면 되는 것이다.

그들이 대화를 나누는 동안 현천교의 무사들이 몰려들었다. 개중에는 장로와 호법 등 현천교의 주요 고수들도 상당수였고, 타 종파의 고수들도 무슨 일인가 싶어 기웃거렸다.

사십여 명의 무사들이 모여들자, 북궁조는 결정을 내리고 사람들을 둘러보았다.

사영은 호교무장전의 우승자. 함부로 의심할 수는 없었다. 잘못하면 우승을 빼앗긴 걸 시기해서, 현천교가 사영을 모함한다고 할지 모르니까.

"중요한 것은 조화설을 잡는 것이니, 사영과 마주치더라도 증거가 없는 한 마찰을 자제하도록 해라."

패배를 안겨준 사람이라고 감정대로 행동하지 말라는 뜻.

백사청은 이를 악물고 고개를 숙였다. 그거야 두고 볼 일이었다.

"알겠습니다, 사형. 걱정 마십시오."

6.

 호당은 숲속에 있는 집채만 한 바위 뒤에 몸을 웅크리고서 사도무영이 오기만을 초조하게 기다렸다.
 도착한 지 반각도 지나지 않았는데 반년도 더 지난 것만 같았다.
 마음이 급해지면 일각(一刻)이 여삼추(如三秋)라더니, 정말 숨을 한 번 쉬는 것도 답답할 정도로 시간이 길게 느껴졌다.
 사실 그들만 떠나는 걸 생각해 보지 않은 것은 아니었다. 몇 사람은 그렇게 하자고 강하게 주장하기까지 했다.
 하지만 너무 위험했다. 혈천벽이 무너지고 불타는 긴급 상황에서 현천교의 사람들이 신지를 빠져나간다는 것은 의심을 사고도 남을 일이었다. 승천관을 지키는 경비무사들 중 조화설을 알아보는 자가 있을지도 모르는 일이고.
 해서 수라종파의 사영이라는 자를 철저히 이용하기로 했다. 마침 그도 이곳을 빠져나갈 생각인 것 같았으니까.
 '화설 아가씨를 잘 아는 것 같았는데……'
 그것에 대해선 조화설에게 말해주지 않았다. 확실치도 않은 일인데, 그로 인해서 마음이 흔들리면 일이 틀어질지 모르니까.
 호당의 손에 땀이 찰 무렵, 한 사람이 바위 뒤로 왔다. 앞으로 나가서 주위를 살펴보던 자였다.

"그들이 오고 있습니다, 장로님."

호당은 내심 안도하며 뒤를 돌아다보았다. 청년이 고요한 눈으로 그를 바라보고 있었다.

"이제 오나 보오, 가십시다."

승천관 입구가 저만치 보일 즈음, 현천교도 복장을 한 다섯 사람이 숲속의 집채만 한 바위 뒤에서 나오더니 자연스럽게 일행에 합류했다.

노인이 둘, 중년인이 둘, 그리고 한 사람은 아직 스물도 안 되어 보이는 청년이었다.

그들은 계획한 대로 일행의 앞에 서서, 마치 수라종파 사람들을 이끄는 것처럼 행동했다.

수라종파 사람들도 미리 알고 있었기에 누구도 이상하게 생각하지 않았다.

사도무영은 저만치 앞서 걷는 청년을 바라보며 눈빛을 파르르 떨었다.

'화설 누이······.'

얼굴을 변색시키고 남장까지 했지만, 그는 단숨에 조화설을 알아보았다.

어찌 몰라볼 수가 있단 말인가. 몇 년간 오매불망 오늘만 기다려왔거늘.

터질 것처럼 쿵쿵거리는 심장박동이 천둥처럼 귀청을 울렸다. 가슴이 먹먹하고 눈시울이 찡해서, 진기를 일으켜 감정을 억눌러야만 할 정도였다.

당장 달려가고 싶었다. 달려가서 어깨를 잡아 돌리고 가슴에 끌어안고 싶었다. 하다못해 '저 무영입니다!' 라고 전음이라도 보내서 자신이 옆에 있음을 알려주고 싶었다.

하지만 안간힘을 다해 참았다.

호당에게 자신의 정체를 정확히 알려주지 않은 이유가 무엇이던가. 조화설이 알게 될 경우 평정심이 깨질지 몰라 그런 것이 아니던가.

조금만 이상하게 보여도 감시자들이 현유에게 보고할 터. 위험을 자초하는 어리석음을 범할 수는 없었던 것이다.

'조금만 기다려요, 화설 누이. 내가 깜짝 놀라게 해줄 테니까. 하하하하.'

그가 조화설의 등을 보며 잔잔한 웃음을 짓고 있는데, 호당이 고개를 돌리더니 전음을 보냈다.

『만일 놈들이 이상한 낌새를 눈치챘다 싶거든 즉시 해치워야 하네.』

승천관 속에는 기관이 설치되어 있었다. 승천관을 지키는 무사들보다 그 기관이 더 큰 장애물이었다.

『알겠습니다.』

제7장
위험한 장난

1.

 호당과 그의 일행 다섯이 앞장서서 승천관으로 들어가고, 수라종파 사람들이 그 뒤를 따라갔다.
 동굴 안쪽에 기관이 설치되어 있고, 적지 않은 무사들이 동굴을 지키고 있다는 걸 알기에 긴장을 늦추지 않았다.
 십여 장을 들어가자 승천관을 내려가는 계단이 나왔다.
 동굴의 양옆에는 십여 장 간격으로 등잔이 달려 있어서 계단을 내려가는 건 어렵지 않았다.
 첫 번째 관문이 나온 것은 계단을 백 개쯤 내려갔을 때였다. 관문은 동굴이 좁아지는 지역에 만들어져 있었는데, 팔뚝만한 쇠창살이 통로를 가로막고 있었다.

창살 앞에 서 있던 중년인 하나가 의아한 표정으로 호당 일행과 수라종파 일행을 번갈아 바라보았다.

"호 장로님이 아니십니까? 묵천곡 안쪽에서 긴급 상황이 벌어진 것 같던데, 무슨 일로 여기까지 오신 겁니까? 수라종파 교도들은 또 왜……."

"수고가 많구나. 긴급 상황은 혈천벽에 불이 난 것 때문에 그러는 것이니라. 우리는 수라종파의 종주님께서 위독하셔서, 그분을 수라곡으로 옮기는데 도움을 주기 위해 잠시 나온 게야."

호당은 사정을 설명했다. 그러고는 눈에 힘을 주고 냉랭히 말했다.

"그런데 어서 문을 열지 않고 뭐 하는 거냐? 수라종주께 무슨 일이라도 생기면 네가 책임질 것이라더냐!"

놀란 눈을 크게 뜬 중년인이 급히 기관을 해제시키자, 다른 세 명의 무사가 창살을 밀었다.

쿠르르릉.

묵직한 소리가 동굴을 울리며 철창이 옆으로 밀려났다.

호당은 중년인을 한 번 쏘아보고는 곧장 계단을 따라 내려갔다.

두 번째 관문은 승천관의 중간부분에 있었다.

그곳 역시 통과하는데 큰 무리가 없었다. 관문위사들은 수라종파 교도들을 안내하는 사람이 호당이라는 것과, 종주인 감교악이 위독하다는 말만으로도 뻣뻣한 허리를 굽히고 관문을 통과시켜 주었다.

계단을 다 내려가자 세 번째 관문이 나왔다. 그곳은 앞선 두 곳과 달리 철창과 석문이 이중으로 설치되어 있었는데, 폭포와 얼마 떨어지지 않은 곳인지 웅웅거리는 소리가 쉬지 않고 들렸다.

역시 호당이 나서서 관문의 책임자를 다그쳤다.

"노부로 하여금 일일이 설명하게 하다니, 너희들은 노부를 보고도 저 위쪽에서 왜 문을 열어주었는지 모르는 게냐?"

그의 목소리가 폭포의 굉음을 뚫고 상대를 질타했다.

관문의 위사장이라고 해 봐야 장로의 호위무사나 비슷한 지위. 그의 상대가 될 수 없었다.

관문의 위사장인 삼십 후반의 중년인은 고개를 숙이고 나름 변명을 했다.

"죄송합니다, 장로님. 규칙이 그러다 보니……."

"끄응, 하긴 너희들이 무슨 잘못이겠느냐? 잘 들어라, 우리는 위독하신 수라종파의 종주님께서……."

호당이 똑같은 설명을 세 번째로 했다.

그의 설명이 끝나자, 관문의 위사장은 기관을 해제시키기 위해서 구석으로 갔다.

그때 저 위쪽에서 누군가의 목소리가 울렸다. 동굴의 메아리와 폭포의 굉음 때문에 정확히 들리지는 않았지만, 매우 다급한 목소리처럼 들렸다.

위사장은 의아한 표정을 지으며 동굴 위쪽을 바라보았다.

호당이 그를 재촉했다.

"어허! 촌각이 아쉽거늘, 뭐 하는 게냐? 종주님께 이상이라도 생기면 네놈은 죽은 목숨이야!"

흠칫한 위사장은 구석에 꽂혀 있는 세 개의 철봉 중 가운데 있는 것을 잡았다.

또다시 위쪽에서 다급한 목소리가 들렸다. 이번에는 제법 또렷해서 많은 사람들이 알아들을 수 있을 정도였다.

"확인할 것이 있으니 잠깐 멈추시오! 아직 관문을 열어주지 마라!"

하지만 위사장은 들을 수가 없었다. 사도무영이 중간에 서서 소리를 아예 차단해버린 것이다.

철컹.

기관이 풀리는 쇳소리가 벽 속에서 울리자, 위사장은 철봉을 다시 제자리로 당겨놓았다. 그러고는 일단 철창을 열고, 두께가 다섯 자나 되는 석문을 밀었다.

위쪽에서 들리는 소리는 빠르게 가까워지고, 석문은 더디게 열렸다.

마침내 석문이 틈을 드러내기 시작하자, 폭포의 굉음이 천둥처럼 들렸다.

위쪽에서 내려오는 사람들이 보인 것은, 석문이 두 자쯤 벌어졌을 때였다. 위사장이 뭔가 이상한 점을 느낀 것도 그 즈음이었다.

호당은 위사장의 표정이 바뀌는 것을 보고 호통을 내질렀다.

"어허! 네놈이 진정 죽고 싶어 환장했구나! 감히 노부의 말을 무시하다니! 비켜라! 노부가 직접 열 것이니라!"

기껏해야 일 장의 거리. 호당은 한 발 앞으로 나아가며 손을 뻗어 위사장을 밀쳤다.

가볍게 밀치는 듯했지만, 그 충격은 숨이 턱 막힐 정도로 컸다.

"괘씸한 놈! 어디서……."

일장에 위사장을 때려눕힌 호당은 짐짓 분노한 것처럼 씩씩거리고는 석문을 밀었다.

세 번째 관문을 지키는 네 명의 위사는 이러지도 저러지도 못하고 눈치만 봤다.

그 사이 수라십이살은 위에서 내려오는 자들을 막았다.

세 번째 관문의 좌우 넓이는 기껏해야 여덟 자. 그 중 석 자 정도가 열리자 호당 일행이 먼저 빠져나갔다.

사도무영은 호당을 먼저 내보내고 석문을 힘껏 밀었다.

콰르릉!

석문이 다섯 자 가량 벌어지자 빠져나가는 속도가 더욱 빨라졌다. 수라단이 다 나가자, 사도무영은 밖으로 나가지 않고 오히려 안쪽으로 들어갔다.

"이곳은 나와 적형이 맡을 테니 수라십이살은 종주님의 교자를 들고 어서 이곳을 나가시오!"

그는 수라십이살에게 명을 내리고 도를 빼들었다.

위에서 내려오던 자들은 관문을 지키는 여덟 명의 위사들이었다. 그들은 싸우려고 내려오는 게 아니었다.

사도무영이 도를 빼들자, 그들은 주춤거리며 내려오지 않았다.

그들을 향해 사도무영이 소리쳤다.

"한시 급히 종주님을 수라곡으로 모셔 가야 하거늘, 시간을 끄는 이유가 뭐요! 지금부터 앞을 막는 자는 누구든 용서치 않고 목을 벨 것이오!"

그는 끝까지, 자신들의 목적이 종주 때문임을 우겼다. 위사들이 아직 정확한 사정을 알지 못하고 있는 것처럼 보인 것이다.

아니나 다를까, 첫 번째 관문의 위사장인 중년인이 난감한 표정으로 말했다.

"그게 아니라……, 일체의 출입을 금지시키라는 혈무가 곡 안에서 피어올랐소이다. 그러니 사람이 올 때까지만 기다려 주십시오."

"흥! 내 말을 흘려들었나 보군. 한시가 급하다 하지 않았소?

어디 막으려면 막아 보시오! 우리는 갈 테니까. 행여나 누가 묻거든, 나 사영이 말을 듣지 않았다 하시오!"

사도무영은 차갑게 말하고 몸을 돌렸다.

중년인도 사도무영이 호교무장전의 우승자임을 알고 있었다. 호당이 넌지시 말해주었으니까. 그로선 사도무영을 막을 능력도 위치도 되지 못했다.

그가 머뭇거리는 사이 사도무영과 적도광이 세 번째 관문을 빠져나왔다.

이미 호당 일행과 수라단, 수라십이살은 승천관을 완전히 빠져나간 상태였다.

2.

백사청은 승천관으로 들어가지 않고 곧장 폭포를 따라 내려가며 명을 내렸다.

"신법에 자신 있는 사람만 따라오고, 나머지는 승천관으로 내려가시오! 만나면 싸우지 말고 정지만 시키도록!"

십여 명이 그를 따라 폭포 쪽으로 가고, 삼십여 명은 승천관으로 들어갔다.

폭포의 굉음이 점점 커졌다. 하지만 백사청은 생각에 골몰해서 굉음이 들리는 줄도 몰랐다.

아직 사영이 관련되었다는 증거는 어디에도 없었다. 경비무사의 말에 의하면, 죽어가는 감교악을 살리기 위해 수라곡으로 간다고 했다. 수라곡에 감교악을 살릴 수 있는 비장의 약이 있다면서.

의아한 점이 없는 것은 아니지만, 거짓이라고 볼 수만도 없는 일이었다.

'혹시 사인교에 감교악이 아니라 조화설이 타고 있는 게 아닐까?'

그런 생각도 해 보았다. 그러나 수라종파 교도들이 조화설을 구하기 위해 목숨을 걸 이유가 있을까?

문제는 그것이었다. 아무리 생각해도 그들에겐 그럴 이유가 없었다.

'보면 알겠지!'

사도무영은 일단 호당 일행을 먼저 앞서게 했다. 그리고 자신은 교도들과 함께 약간 처져서 따라갔다.

출입을 금하라는 명령이 떨어졌다는 것은 조화설의 탈주가 알려졌다는 말. 지금쯤 그녀를 잡기 위해 추적대가 동원되었을 게 분명했다.

여차하면 조화설이 도망칠 수 있는 시간을 주어야 하는 것이다.

그들이 나타난 것은 사도무영 일행이 폭포가 있는 계곡을 막 빠져나올 즈음이었다.

"단주."

적도광이 뒤를 슬쩍 돌아다보고 나직이 사도무영을 불렀다.

폭포 위에서 십여 명이 운무를 뚫고 날아오고 있었다. 평소라면 가히 멋진 광경이 아닐 수 없었다. 하지만 지금은 그런 멋진 광경을 보고도 긴장감만 커질 뿐이었다.

사도무영도 뒤쪽에서 거대한 기운이 밀물처럼 밀려오고 있다는 걸 이미 느끼고 있던 터였다.

그는 저 앞쪽에서 막 구비를 돌아가고 있는 적소연에게 전음을 보냈다.

『소연아, 가서 호 장로에게 멈추지 말고 가라고 해. 우리는 저들을 떨치고 갈 테니까.』

적소연은 잠시 멈칫했지만, 사도무영이 눈에 힘을 주고 재촉하자 하는수없이 앞으로 달려갔다.

적소연이 완전히 사라진 직후, 뒤쪽에서 고함소리가 들렸다.

"거기 멈추게!"

사도무영은 수라단과, 사인교를 보호하고 있는 수라십이살을 대동한 채 걸음을 멈췄다.

숨을 서너 번 쉬는 사이에 백사청을 비롯한 구천신교의 고수들이 사도무영 앞까지 다가왔다.

사도무영은 눈살을 찌푸리며 조금 감정이 상한 표정으로 물었다.

"무슨 일입니까? 사정은 이미 말씀 드린 것으로 압니다만."

"급히 알아볼 게 있어서 왔네."

"뭔지 모르지만, 빨리 말씀해주시지요. 뭘 알고 싶으신 겁니까?"

백사청은 대답 대신 뒤를 돌아다보았다.

뒤에서 중년인 하나가 앞으로 나서더니 사인교로 다가갔다.

수라십이살이 앞을 막으려 하자, 사도무영이 그들을 말렸다.

"비켜드려라."

중년인은 수라십이살을 지나쳐 사인교에 바짝 다가섰다. 그러고는 내부를 가린 두꺼운 장막을 들추고 안을 세세히 살펴보았다.

곧 장막을 내린 그는 실망한 표정을 감추지 못한 채 고개를 저었다.

"이공자, 종주님만 계십니다."

"그래?"

백사청도 실망감을 감추지 못했다.

사도무영은 때를 놓치지 않고 차가운 어조로 말했다.

"행여나 제가 거짓말을 했을 거라 생각했습니까? 아무리 대교주님의 제자라시지만, 저희 수라종파를 너무 우습게보시는 건 아닌지 모르겠군요."

"으음, 그게 아니네."

백사청은 자신을 다그치는 사도무영에게 은근히 화가 났지만, 지금 수라종파와 싸워서 좋을 게 없다는 걸 모를 정도로 무지한 자는 아니었다.

사도무영은 더 시간을 끌지 않고 작별을 고했다.

"그럼 시간이 급하니 이만 가 보겠습니다."

백사청은 사도무영을 노려보았다. 잡아놓을 명분이 없다는 게 한스럽기만 했다.

'빌어먹을! 억지를 쓸 수도 없고……'

"출발하시오!"

사도무영의 명이 떨어지자, 수라십이살이 먼저 출발했다. 사도무영은 백사청에게 두 손을 들어 보이고는 몸을 돌렸다.

승천관에서 나온 사람들이 그곳에 도착했을 때는, 이미 사도무영 일행이 이십여 장 앞의 구비를 돌아간 뒤였다.

"이공자! 어떻게 되었습니까?"

현천교의 교도 하나가 다급히 물었다. 그는 현유의 충복 중 하나인 배낙경이란 자였다.

"수라종파 사람들에게선 의심할만한 점을 찾지 못했네."

그때 배낙경이 의아한 표정으로 주위를 둘러보며 말했다.

"그런데, 호 장로님도 그들을 따라가셨습니까?"

백사청은 홱 고개를 돌려 배낙경을 바라보았다.

"무슨 말인가? 호 장로라니?"

"승천관의 위사장 말에 의하면, 호당 장로님이 본교 교도 네 사람과 함께 그들을 인솔했다고 했습니다. 그분이 수라종파 교도들을 따라갈 일은 없을 텐데……."

백사청의 안색이 싸늘하게 굳어졌다.

"호 장로가 그들과 함께 있었다는 게 사실인가?"

"예, 이공자. 분명합니다."

백사청은 사도무영과 수라종파 교도들이 사라진 곳을 보며 싸늘한 눈빛을 번뜩였다.

호당과 그 일행이라는 자들이 없는데도, 사영은 그들에 대한 말을 한 마디도 하지 않았다.

둘 중 하나였다. 그들이 어디로 가든, 뭘 하든 상관없다는 생각이었든지, 아니면…… 처음부터 그들의 목적을 알고 있든지.

"그들을 다시 쫓는다! 묵운단주는 수하들과 함께 백절곡으로 내려가시오! 혹시 호 장로 일행이 그쪽으로 갔을지도 모르니까!"

백절곡은 절벽길을 통하지 않고 외부로 빠져나갈 수 있는 또 하나의 출입로였다. 절벽길이 만들어지기 전까지만 해도 신지로 들어갈 수 있는 유일한 통로.

다만 백절곡으로 내려가면 산을 빙 돌아야 했다. 게다가 어지간한 고수들은 오가는 것조차 힘들 정도로 지형이 험했다. 오죽했으면 절벽을 파서 길을 만들었겠는가 말이다.

그러나 그들이 그 길을 택했을 가능성도 배제할 수 없었다. 지난 십여 년 동안 사람이 다니지 않아서 지금쯤은 길이 완전히 사라져 있을 터. 그만큼 몸을 숨기기에 유리한 것이다.

"조화설이 크게 다쳐선 안 된다는 점, 명심하시오."

"알겠소이다, 이공자. 가자!"

묵운단주 나강문은 열 명의 수하들을 이끌고 방향을 틀었다.

남은 사람은 삼십여 명. 백사청은 싸늘한 안광을 번뜩이며 사도무영이 간 방향을 노려보았다.

'아직 끝나지 않았다, 이놈!'

3.

사도무영은 백사청을 비롯한 구천신교의 고수들이 다시 움직였음을 느끼고 이를 지그시 악물었다.

'호당에 대한 걸 이제야 알았나 보군.'

승천관을 통과한 자들을 만났다면 당연히 알게 될 일이었다. 그나마 백사청과 만나고 있을 때 오지 않은 게 다행이었다.

"좀 더 빨리 가야겠소."

사도무영은 앞서 가는 수라십이살을 재촉했다.

상대와 떨어진 거리는 팔십여 장 정도다. 그 거리가 좁혀지려면 시간이 걸릴 터, 그 사이 오 리는 더 가야 한다. 오 리는 가야 폭이 석 자밖에 되지 않는 절벽길이 나오니까.

문제는 사인교였다.

감교악을 놔두고 간다면 추적을 따돌릴 수 있을지도 몰랐다. 하지만 그럴 수는 없었다.

그럴 것이었다면 처음부터 혼자만 움직여도 되었다. 시신이나 다름없는 감교악과 함께 떠났을 때는 그만한 이유가 있는 것이다.

'하는 데까지 해 보고, 정 안 되겠으면 하는 수 없지.'

"추강, 시간이 없는 만큼 사인교를 버릴 것이니 그대가 종주님을 안으시오."

추강의 표정이 흔들렸다. 하지만 그는 사도무영이 감교악을 버리지 않는 것만도 다행으로 생각했다.

추강이 감교악을 안고 사인교는 계곡 아래로 던져버렸다.

거추장스런 사인교가 없어지자 속도가 훨씬 더 빨라졌다.

"사……영……! 거……기…… 멈……춰……라!"

메아리가 절벽을 울리며 멀리서 들려왔다. 하지만 사도무영 일행은 누구도 걸음을 늦추지 않았다.

적소연은 절벽길이 시작되는 곳에 멀뚱히 서 있었다.

사도무영이 다가가자 그녀가 고개를 갸웃거리며 말했다.

"단주님, 여기까지 왔는데도 그분들이 보이지 않았어요. 쫓아오는 사람들이 있을까 봐 전력을 다해서 갔나 봐요."

의아한 점이 전혀 없는 것은 아니었다. 그러나 깊게 생각하지 않았다. 추적을 받을 거라는 걸 이미 알고 있던 사람들이 아닌가. 전력을 다해 도주하는 건 당연한 일이었다.

아쉽다면, 조화설이 자신에게서 멀어져 있다는 것뿐.

하지만 곧 만날 테니, 그때까지만 참으면 되었다.

호당과 절궁의 토가족 마을에서 만나, 나중 일에 대해서 상의하기로 한 터였다. 만일 그곳을 찾지 못하면 동정호의 종리곽에게 가라고 했고.

며칠 더 헤어져 있어야 한다는 게 아쉬웠지만, 그 정도는 참을 수 있었다.

사도무영은 수라십이살과 수라단이 모두 절벽길로 들어서자, 절벽길을 막고 걸음을 늦추었다. 그가 걸음을 늦추자 수라단과 수라십이살도 걸음을 늦추었다.

"이곳은 나와 수라단에게 맡기고, 수라십이살은 어서 종주님을 수라곡으로 모시고 가시오!"

수라십이살은 다시 걸음을 빨리하고, 수라단과 도담만 절벽길에 남아서 사도무영의 명이 떨어지기를 기다렸다.

사도무영은 몸을 돌리고, 절벽길을 따라 쫓아오는 백사청을 노려보았다.

"또 무슨 일입니까?"

위험한 장난 205

백사청은 사도무영의 전면 삼 장 앞에서 걸음을 멈추었다.
 "호당은 어디 있느냐?"
 "그걸 제가 어떻게 압니까?"
 "모른다고? 너희들을 이끌고 승천관을 통과했다 들었다. 그런데 모른다는 게 말이 되느냐!"
 "현천교도 몇 사람이 우리를 돕겠다고 온 것은 맞습니다. 그리고 그들과 함께 승천관을 통과한 것도 맞습니다. 하지만 그들이 그 후 어디로 갔는지는 전혀 모릅니다. 현천교 사람들이 언제 우리에게 어디로 간다고 보고하고 다녔습니까? 그들은 현천교 사람들이지 수라종파 사람들이 아닙니다. 현천교 사람들도 모르는 걸 우리에게 물으면 어떻게 합니까?"
 사도무영은 최대한 장황하게 말하고는 어이없다는 표정으로 백사청을 노려보았다.
 백사청은 일순간 말문이 막혔다.
 허점이 없었다. 꼬투리를 잡으려 해도 잡을 게 없었다. 호당 일행이 어디로 갔든 수라종파 사람들이 알고 있어야 할 이유가 없는 것이다.
 그렇다고 잡아서 고문을 할 수도 없는 일.
 '이 개자식이……!'
 그가 사도무영을 노려보고 있는 사이, 구천신교 각 종파의 고수들이 절벽길로 들어섰다.
 "정말…… 그들이 어디로 간 줄 모른단 말이냐?"

"모르는 건 모르는 겁니다. 대체 왜 현천교 일을 우리에게 묻는 겁니까?"

백사청의 얼굴이 벌게졌다.

건방지게 토를 달면서 자신을 추궁하다니. 더구나 뒤에서 사람들이 쳐다보고 있거늘!

운 좋게 한 번 이겼다고 자신을 아래로 보는 건가?

그 생각을 하니 더욱 화가 났다.

그런데 화가 나도 화를 풀 수 없으니 더 속이 끓었다.

사도무영은 백사청의 마음을 헤아려줄 생각이 눈곱만큼도 없었다.

"그럼 워낙 상황이 급하니 이만 가 보겠습니다."

몸을 돌린 그는 수라단을 향해 소리쳤다.

"거리가 너무 떨어졌소! 그만 출발하시오!"

길게 늘어진 수라단원들은 지체하지 않고 다시 걸음을 옮겼다.

백사청이 사도무영을 향해 소리쳤다.

"잠깐! 모두 이쪽으로 나와라! 우리가 먼저 가겠다!"

사도무영은 그럴 마음이 개미눈물만큼도 없었다.

"우리도 당신들만큼이나 급합니다. 빨리 갈 테니 뒤를 따라오시지요."

4.

 사도무영의 등을 쳐다보는 백사청의 눈에서 불길이 일었다.
 절벽길은 한 사람이 걸어가기도 힘들 정도로 좁았다. 아래는 까마득해서 쳐다보는 것도 두려울 정도였고, 위쪽은 절벽을 움푹 파낸 터여서 날아 넘을 수도 없었다.
 문제는 빨리 가겠다던 자들이 황소걸음으로 걷는다는 것이었다.
 '개자식! 고의로 방해하는 것이 분명해!'
 하지만 증거가 없으니 어떻게 할 수도 없었다. 그렇다고 한 사람 한 사람 젖히고 가자니, 자칫 놈들이 공격이라도 할 경우 힘도 못써 보고 당할지 몰랐다.
 이러지도 못하고 저러지도 못하고, 가슴이 타고 머리카락이 숭숭 빠지는 기분이었다.
 사도무영도 백사청의 마음을 모르지 않았다.
 하기에 그는 뒤쪽의 움직임에 신경을 바짝 곤두세운 채 수라단원들을 닦달했다.
 "빨리 가시오! 현천교의 이공자께서 급하다고 하잖소!"
 하지만 아무리 그래도 수라단원들의 걸음은 조금도 빨라지지 않았다. 오히려 불평만 터져 나왔다.
 "지미, 떨어지면 죽는데 얼마나 빨리 가라는 거야?"
 "씨벌, 우리 목숨은 목숨도 아닌 모양이지?"

"조토, 그렇게 급하면 새처럼 날아가면 될 거 아냐? 실력이 없어서 죽는 거야 지 운명이고 말이지."

사도무영은 그들의 투덜거림을 즐기며 슬며시 웃었다. 전부 자신이 시켜서 하는 말이었다. 빨리 가지 않는 것도 마찬가지였고. 욕설은 그들이 알아서 하는 것이지만.

한데 수라단원들은 한술 더 떴다.

"어어!"

막도가 죽 미끄러지더니 절벽길의 튀어나온 곳을 끌어안고 겨우 떨어지는 것을 모면했다.

초관위와 미고가 막도를 붙잡았다. 그러고는 그를 일으키며 구시렁댔다.

"이봐, 괜찮아?"

"조심하라니까! 하여간 남자들은 조심성이 없다니까."

수라단원들이 위험한 장난을 하는 바람에 또 한참의 시간이 흘렀다.

사도무영은 그들이 이 상황을 즐기고 있다는 걸 알고 피식 웃음이 나왔다.

'백사청, 속이 터지겠구나.'

절벽길은 길이가 오백 장쯤 되었다. 대부분이 절벽을 깎아 만든 길이었지만, 암벽이 벌어진 곳에는 나무로 만든 다리가 놓여 있었다.

백사청은 그 오백 장이 오백 리도 더 되는 기분이었다.

'건방진 새끼들! 내 언제고 기회만 되면 모조리 목을 베어 개밥으로 만들어 버릴 것이다!'

그는 사도무영과 십오륙 장의 거리를 두고 따라갔다. 바짝 따라가면 분노를 참지 못하고 손을 쓸 것 같았던 것이다. 그럴 경우 수라단은 어떻게 할 수 있을지 몰라도, 호당을 잡는 것은 포기해야 했다. 잘못하면 자신들 역시 피해가 막대할 것이고.

속이 끓어도 참는 수밖에.

그렇게 사도무영의 뒤를 따라가는데, 또 나무다리가 나왔다. 절벽길에 있는 나무다리 중 가장 긴 곳이었다. 길이는 십오 장쯤.

백사청은 별 생각 없이 나무다리에 발을 디뎠다.

바로 그때, 갑자기 천둥소리가 머리 위에서 들렸다.

우르르릉!

사람들은 깜짝 놀라 고개를 쳐들고 위를 쳐다보았다.

사람 몸뚱이만 한 바위 서너 개가 까마득한 절벽 위에서 떨어지고 있었다. 두어 개는 절벽에 부딪치고 튕겨나가서 영향이 없을 것처럼 보이지만, 두어 개는 그대로 다리 위로 떨어질 것 같았다.

구천신교 각 종파의 고수들은 안색이 하얗게 질린 채 고함을 질렀다.

"바위가 떨어진다!"

"조심해!"

"이공자! 물러나십시오!"

수라단원들도 놀라 소리쳤다.

"돌! 굴! 러……."

콰광! 우지직!

"으메, 빠른 거. 조금만 늦었으면 뒈질 뻔했네."

사람 몸뚱이만큼 큰 바위는 절묘하게 나무다리를 박살내고 까마득한 저 아래로 떨어지며 콩처럼 작아졌다.

백사청은 놀란 가슴을 쓸어내리며 나무다리를 바라보았다.

반 정도가 부서진 상태였다.

칠팔 장의 거리. 그 정도 건너뛰는 거야 어려울 거 없었다. 이곳까지 온 사람들 대부분 그 정도 건널 실력은 되었다.

문제는, 남은 곳도 튼튼하지가 않고, 무엇보다 사도무영이 반대편에 서 있다는 것이다.

그가 바라보는데, 사도무영이 부서진 채로 절벽에 간신히 걸쳐져 있는 나무다리의 한쪽을 슬쩍 발로 눌렀다.

쩌적.

나무다리가 힘없이 부러지며 절벽 아래로 떨어졌다. 바위가 떨어질 때의 충격 때문만은 아니었다. 그가 고의로 세게 눌러 부러뜨린 것일 뿐.

어쨌든 그 바람에 거리가 삼 장은 더 멀어지고, 건너갈 수 있는 사람이 반의반으로 줄었다.

"충격을 받아서 살짝만 밟아도 부러지는군요. 건너오시려면 조심해야 할 것 같습니다."

사도무영이 걱정스런 표정으로 말했다.

백사청를 비롯해 그의 뒤에 서 있는 사람들 중 사도무영의 걱정을 진심으로 받아들이는 사람은 아무도 없었다.

'개자식! 분명 고의로 그랬을 거야!'

사람들은 속으로 그렇게 욕하면서 사도무영을 노려보았다.

사도무영은 그들이 속으로 욕을 하든가 말든가, 고개를 들고 절벽 위를 올려다보았다.

"돌이 또 떨어질지 모르겠군. 절벽은 한 번 무너지면 계속 무너진다던데……."

그 말이 씨가 되었는지 절벽 위에서 제법 큰 돌들이 떨어졌다. 구천신교 사람들이 있는 곳으로만.

와르르르. 투두둑!

그들이 아무리 초절정의 고수라 해도, 수십 장 위에서 떨어지는 돌에 맞으면 절대 무사할 수 없었다. 하다못해 비틀거리다가 발을 잘못 디디기라도 하면 낭떠러지로 떨어질 것이었다.

구천신교 사람들은 절벽에 몸을 밀착시키고 절벽 위를 바라보며 바짝 긴장했다.

백사청도 절벽에 등을 붙이고, 속으로 이를 갈았다.

"사영, 바쁘다고 하지 않았던가? 어서 가지 않고 뭐 하느냐? 설마 그곳에서 우리가 건너가지 못하게 방해하려는 건 아니겠지?"

반각의 시간을 벌었다. 추적대도 칠팔 할은 줄어들 터였다. 그 정도면 엄청난 소득이었다.

"저를 그렇게까지 의심할 줄은 몰랐군요. 어쨌든 좋습니다. 지금은 바쁘니까, 그 이야기는 나중에 하지요."

한데 바로 그때, 한줄기 전음이 귓전으로 스며들었다.

『그놈들은 나에게 맡기고 어서 가라. 건너려고 하면 내가 돌을 던져서 방해할 테니까.』

사도무영은 그 목소리를 듣고 심장이 툭 떨어지는 기분이 들었다. 망혼진인의 목소리였다.

'최대한 멀리 가라고 했더니 왜……'

자신이 지나가고 백사청이 건너기 직전에 떨어져서 정확히 나무다리를 박살냈다. 누군가가 노리고 바위를 굴리지 않았다면 불가능에 가까운 일이었는데, 이제 보니 사부가 한 일이었나 보다.

'후우, 미치겠군.'

사도무영은 자연스럽게 고개를 들고 하늘을 올려다보았다. 정확히는 절벽 위를.

망혼진인이 삼십여 장 절벽 꼭대기에서 빼죽 고개를 내밀고 손을 흔드는 게 보였다. 백사청이 있는 곳의 위쪽이어서 그만 볼 수 있었다.

『멀리 가시라니까 왜 거기에 계신 겁니까!』

『음하하하, 사부가 되어서 어찌 제자를 놔두고 도망갈 수 있겠느냐!』

『지금이라도 빨리 그곳을 피하십시오! 놈들이 알면 위험해집니다.』

『걱정 마라. 너 떠나면 나도 갈 테니까.』

두 사람이 전음으로 이야기를 나누는데 백사청이 냉랭히 말했다.

"정녕 내 앞길을 막는다면, 사부님께 혼나는 한이 있어도 네놈을 가만두지 않을 것이다!"

고개를 쳐든 사도무영이 움직이지 않자, 자신을 놀린다 생각한 듯했다.

"그 말, 잊지 않겠소."

사도무영은 그 말만 하고 몸을 돌렸다. 자신이 떠나야 사부가 떠날 터. 백사청과 길게 이야기할 일이 없었다.

한데 바로 그때, 저 뒤쪽에서 휘파람소리가 메아리치며 울렸다.

휘이이익! 휘익!

구천신교의 무사들 중 누군가가 소리쳤다.

"이공자! 백절곡 쪽에서 호 장로 일행을 발견한 것 같습니다!"

백사청도 휘파람소리가 뜻하는 바를 모르지 않았다.

'그럼 정말 수라종파하고 관계가 없단 말인가?'

그는 사도무영의 등을 바라보며 눈살을 찌푸렸다. 앞에서 비웃는 소리가 들리는 것만 같았다.

현유의 말을 믿었다가 이게 무슨 꼴이란 말인가.

'제길……'

하지만 언제까지 후회하고 있을 수만은 없었다.

백절곡이 있는 곳까지 돌아가려면 한참을 가야 했다. 묵운단을 믿긴 하지만, 호당 일행도 만만치 않은 자들이었다. 늦으면 놓칠지 몰랐다.

"백절곡으로 갈 것이오! 빨리 길을 빠져나가시오!"

구천신교의 무사들은 기다렸다는 듯이 절벽길을 되돌아갔다.

그제야 백사청은 마지못한 표정으로 사도무영에게 말했다.

"미안하게 됐군. 사정이 의심할 수밖에 없는 상황이었으니 그대가 이해해라."

그는 더 말하면 자존심이라도 상하는지, 그 말만 하고 몸을 돌렸다.

사도무영은 멀어지는 백사청의 등에서 시선을 떼지 않았다.

백사청이 구비를 돌아 완전히 사라질 즈음, 적도광이 뒤로 다가와 물었다.

"어떻게 하실 겁니까, 령주."

사도무영이 택할 길은 하나뿐이었다.

"나는 저들의 뒤를 따라갈 것이오."

"저도 따라가겠습니다. 단주께서 조금만 도와주시면 가능할 것 같습니다만."

도담도 나섰다.

"나도 함께 가겠소."

나무다리가 부서져서 십 장 이상을 날아갈 수 있는 사람이 아니면 건너갈 수가 없었다.

수라단원들은 솔직히 잘 됐다는, 좀 더 거리가 멀었으면 했지만, 그래도 겉으로는 절대 좋아하는 표정을 짓지 않았다.

대신 비장한 표정, 결연한 목소리로 단주를 도와주지 못함을 한탄했다.

"하아, 단주님을 도와드려야 하는데……."

"꼭 따라가고 싶은데……. 저길 넘어갈 실력이 안 되는 게 웬수군요."

"단주, 도와드리지 못해서 죄송합니다. 용서해 주십시오. 다음에는 반드시 도울 수 있도록 최선을 다해 보겠습니다."

사도무영은 그런 수라단원들의 말을 한 귀로 흘려들었다. 이제는 그들의 말이 진실인지 가식인지 목소리만 듣고도 알았다.

그래도 혹시 모르는 일. 한 번은 물어보았다.

"같이 가겠다면 내가 넘겨 줄 수 있는데, 누구 같이 갈 사람?"

"저요, 단주님. 제가 갈게요."

적소연만 나서고 다른 사람은 딴청만 피웠다.

절벽길을 오래 걸었더니 다리가 떨린다는 둥, 높은 곳에 있었더니 속이 메스껍다는 둥, 밤에 한 번 안아주면 같이 갈 수도 있다는 둥, 교상은 '나도요.' 했다가 막도에게 얻어맞고 하마터면 절벽 아래로 떨어질 뻔했다.

하지만 적소연은 사도무영이 바라지 않았다.

"없으면 우리 세 사람만 가겠소."

그때 망혼진인이 절벽 위에서 신형을 날렸다. 선풍류를 펼친 그는 도끼로 파인 것처럼 갈라진 암벽을 좌우로 예닐곱 번 오가더니, 순식간에 사십여 장을 내려왔다.

수라단원들이 입을 떡 벌린 채 구경하는 사이, 사도무영 앞에 내려선 그는 안절부절못했다.

다리를 부순 것이 거꾸로 사도무영에게 불리해졌지 않은가.

그는 사도무영이 돌아서자, 잔뜩 미안한 어조로 어물거리며 말했다.

"그게…… 말이다. 나는 그냥 너를 도와주려고 했는데……."

어찌 사부의 마음을 모르랴.

사도무영은 최대한 걱정하지 말라는 투로 말했다.

"너무 걱정 마세요. 제가 저들의 뒤를 쫓아갈 겁니다. 그러니 사부님은 이 사람들을 따라서 산을 내려가세요."

이번에는 엉뚱한 짓 하지 말고, 제발 제 말 좀 들으세요!

그 말이 목구멍까지 기어 나왔지만 꾹 참았다. 사부가 의기소침해할지 몰랐다.

그때 망혼진인이 조심조심 말했다.

"근데…… 아까 그놈들이 말한 백절곡이, 혹시 내가 아는 곳이 아닐지 모르겠다."

"그곳을 아십니까?"

"이 길은 발각되기가 쉬워서, 들어갈 때 다른 쪽으로 돌아갔거든."

"여기서 얼마나 됩니까?"

"산을 내려가서 왼쪽으로 난 계곡으로 깊숙이 들어가면 폭포의 물줄기가 흘러나오는 곳이 있다."

"너무 멀면 늦을지도 모릅니다."

"건너가 봐야 놈들 뒤만 따라가야 하는데, 그보다는 돌아가는 게 차라리 낫지 않을까?"

분명 그랬다. 자칫하면 호당 일행이 모두 당한 다음에 만날지 몰랐다.

또한 호당이 전력을 다해 도주하고 있다면, 오히려 계곡의 입구 쪽으로 가는 게 더 나을 수도 있었다.

"사부님이 앞장서십시오."

"알았다. 나를 따라오너라."

실수를 만회할 수 있다는 생각 때문인지, 망혼진인의 얼굴이 활짝 펴졌다.

 하지만 수라단원들은 그렇지 못했다. 부서진 나무다리를 건너지 않아도 된다는 말인즉, 자신들도 나서서 싸워야 할지 모른다는 뜻이 아닌가 말이다.

 희희낙락하던 그들은 땡감을 가득 씹은 얼굴이 되어서 망혼진인을 잡아먹을 것처럼 노려보았다.

 어디서 망할 영감이 나타나더니, 자신들을 지옥으로 내몬다.

 씹어 먹어도 시원치 않을 영감 같으니!

 그러나 망혼진인은 그들의 눈빛을 아무렇지도 않게 받아냈다. 그를 어렵게 만들 수 있는 사람은 사도무영뿐. 수라단원들 정도는 쇠줄로 콧구멍을 꿰어서 줄줄 끌고 다닐 수 있었다.

 그가 파란 눈빛을 번뜩이며 소리쳤다.

 "이것들이 어디서 어른을 함부로 꼬나봐? 확, 눈알을 빼버리기 전에 안 돌려!"

 망혼진인의 도깨비불 같은 안광에 수라단원들은 슬그머니 고개를 돌렸다.

 왠지 인생이 더럽게 꼬일 것 같은 느낌이 들었다. 성질 고약한 상전이 한 명 더 생긴 것 같은 기분이라고나 할까?

 '씨벌……, 왜 가슴이 근질거리지?'

 '조또……, 기분 이상하게 더럽네.'

제8장
공포의 지옥마갑(地獄魔匣)

1.

사도무영은 은근히 화가 났다.

구천신교에 대한 분노가 아니었다. 호당, 그에 대한 분노였다.

왜 백절곡에 대한 말을 하지 않은 걸까?

조화설에 대한 안전 때문일 수도 있었다. 절벽길로 가는 것보다 그곳으로 가면 구천신교의 눈을 속일 수 있으니 그런 것일지도 몰랐다.

문제는 사전에 이야기를 하지 않았다는 것이었다.

구천신교의 추적이 없었다면, 과연 그들이 절궁에서 만나자는 약속을 지켰을까?

이제는 그것조차 자신할 수가 없었다.
 '따지는 것은 화설 누이를 구하고 해도 늦지 않아.'
 사도무영은 눈살을 찌푸린 채 망혼진인의 뒤를 따라갔다.

 바위산 아래로 내려가자 수라십이살은 보이지 않았다. 이미 수라곡으로 간 듯했다.
 "사부님, 어느 쪽으로 가야 합니까?"
 "저쪽으로 가서 십 리쯤 올라가야 한다. 따라와라."
 망혼진인은 왼쪽으로 꺾어지더니, 짐승들조차 다니지 못할 만큼 험한 계곡으로 사람들을 인도했다.
 마치 자신의 집 앞마당을 오가는 사람처럼 동에 번쩍, 서에 번쩍하며 계곡을 통과하는 그를 보고 수라단원들은 혀를 내둘렀다.
 그들이 어찌 알까. 청성산을 오가기 위해 수십 년 동안 촉산을 넘나든 사람이 망혼진이라는 걸.
 '날다람쥐가 따로 없군!'
 '산양과 친척인가? 얼굴도 비슷하잖아?'
 '몸도 쪼매한 늙은이가 더럽게 빠르군.'
 망혼진인에 대한 평가는 각자가 달랐다.
 그래도 '건드려 봐야 좋은 꼴 보지 못할 것 같다.'는 것만큼은 모두의 생각이 일치했다.
 하긴 아수라 같은 단주의 사부가 아닌가.

젠장!

 그렇게 안개가 허리를 감싸고 있는 바위산을 빙 돌아서 십리 정도 가자, 계곡이 십자로 갈라진 곳이 나왔다.
 멀리서 싸우는 소리가 들린 것은 그 즈음이었다.
 망혼진인의 뒤를 따라가던 사도무영은 그 소리를 듣자마자 앞으로 튀어나갔다. 한시가 급했다. 위치를 안 이상 계속 뒤따라갈 수만은 없었다.
 "제가 먼저 가 보겠습니다."
 다른 것은 몰라도 경공이라면 천하의 누구에게도 지고 싶지 않은 망혼진인이었다. 그는 사도무영이 아무리 강해졌다지만, 경공만큼은 아직 자신을 넘지 못했을 거라 생각했다.
 하지만 서너 번 도약하는 사이 거리가 오 장 이상 벌어지자 입이 반쯤 벌어졌다.
 너무 차이가 크니 화도 나지 않았다.
 '확실히 경공술은 다리가 길어야 돼. 나도 어릴 때 잘 먹었으면……'
 그 사이 사도무영은 한 마리 독수리처럼 소리가 나는 곳으로 날아갔다.
 안에서 들려오는 것은 격전음만이 아니었다. 병장기 부딪치는 소리에 비명과 고함소리가 뒤섞여 있었다.
 그는 험악한 지형이 평지라도 되는 것처럼 십여 장씩 죽죽

나아갔다.

2.

호당은 조화설을 업고서 계곡을 내려갔다.

다섯 사람 중 그와 조화설만이 남은 상황이었다.

세 명의 동료는 추적을 지연시키기 위해서 뒤에 남았다. 그들이 추적자들의 발걸음을 얼마나 지연시킬 수 있을지 그것은 아무도 모르는 일이었다.

그럼에도 그들은 조금도 망설이지 않고 돌아섰다. 탈출이 성공할 수 있는 확률을 티끌만큼이라도 높이기 위해서.

'사영이 말한 대로 움직이는 게 나았을 것을……'

때늦은 후회감이 밀려들었다.

본래는 그와 약속한 대로 움직이려 했다. 그런데 조카인 호장순이 새로운 제안을 했다. 사영에게 시선을 집중시킨 후 백절곡으로 내려가자고.

괜찮은 생각처럼 여겨졌다. 완벽히 빠져나갈 수 있을 것 같았다. 그래서 백절곡으로 방향을 틀었는데, 그만 놈들에게 들키고 말았다.

그나마 다행이라면, 놈들이 자신들을 발견한 것과 동시에 자신들 역시 그들을 발견했다는 점이었다. 바위 위에 서서 계곡을 살펴보는 자를 조화설이 본 것이다.

그게 아니었다면 벌써 그들에게 잡혔을 것이었다. 자신들은 서두르지 않았을 것이고, 그들은 휘파람을 불지 않고 은밀하게 움직였을 테니까.

"조금만 내려가면 숨을 만한 곳이 있소이다. 힘들더라도 조금만 참아주시구려."

호당은 등에 업힌 조화설을 안심시켰다.

하지만 조화설은 조금도 불안해하지 않았다. 오히려 호당보다 더 차분해서 이상하게 느껴질 정도였다.

"안 되겠으면 저를 내려놓고 가세요. 저 사람들은 저를 해치지 못하니까요."

그럴 수는 없었다.

죽이지 않는다 해도 온갖 치욕을 줄 것이 뻔했다. 그걸 알면서 어찌 놔두고 간단 말인가.

"비록 몸은 늙었지만, 아직 젊은 놈들 몇 정도는 충분히 상대할 수 있소이다. 걱정 마시고, 꼭 잡으시구려."

호당은 짐짓 자신에 찬 말투로 말하고는, 칠팔 장 높이의 절벽 위에서 신형을 날렸다.

절벽 아래쪽은 제법 넓은 자갈밭이었다. 한쪽으로 많은 양의 계곡물이 흐르고 있었는데, 비가 많이 오면 그곳까지 차오르는 듯했다.

자갈밭으로 내려선 호당은 다시 숲속으로 방향을 틀었다.

하지만 안으로 들어가지는 못했다.

"호 장로, 뭐가 그리 바빠서 인사도 안 하고 가시는 거요?"

비웃음 가득한 목소리가 허공에서 들리더니, 세 사람이 그를 에워싸며 내려선 것이다.

호당은 이를 악물고 검을 빼들었다. 찰나를 지체하는 시간도 아깝게 느낀 그는 곧장 전면에 서 있는 자를 향해 쇄도했다.

삼십 대 후반으로 보이는 자. 호당도 잘 아는 자로 묵운단의 부단주인 후인탁이라는 자였다.

"죽고 싶지 않으면 비켜라, 후인탁!"

평소라면 호당의 상대가 아니었다. 그러나 지금은 조화설을 업고 있는 상태. 후인탁도 그 차이를 알기에 비켜서지 않고 정면으로 맞섰다.

떠더덩!

후인탁의 몸이 자갈밭에 고랑을 만들며 일 장 가량 밀려났다. 호당도 두 걸음 물러서서 다른 자들의 공격에 대비했다.

하지만 묵운단주 나강문과 또 다른 한 사람은 서두르지 않았다.

서두르다가 조화설을 죽이기라도 하면, 호당을 잡은 공을 인정받기는커녕 호된 추궁을 받을 터였다.

"순순히 그 계집을 넘겨주시는 게 그나마 목숨을 건질 수 있는 기회라는 걸 모르겠소, 호 장로?"

"나 단주님 말씀이 맞아요. 저를 내려줘요, 호 장로님."

조화설이 속삭이듯이 말했다. 그러면서 손가락으로 호당의 등에 글을 썼다.

[저를 내려놓고 바로 도주하세요.]

호당은 절대 그럴 수 없다는 결연한 표정으로 고개를 저었다.

"아가씨, 이 늙은이는 살만큼 살았습니다. 이제 마지막으로 대제사장님과 아가씨를 위해 늙은 목숨을 바쳐볼 생각입니다."

"호 장로님……."

호당은 조화설의 말을 더 듣지 않고 또다시 후인탁을 공격했다. 두 사람의 검이 얽혀들며 순식간에 오 초의 공방이 이루어졌다.

후인탁은 철저히 방어에 치중하며 쉽게 퇴로를 내주지 않았다. 공력에서 밀리긴 하지만, 조화설로 인해 전력을 다할 수 없는 호당이기에 이삼십 초는 막아낼 수 있을 것 같았다.

나강문은 그 모습을 지켜보기만 했다.

곧 수하들이 몰려올 터. 호당은 자신들의 손아귀에 들어온 것이나 다름없었.

'그래도 이공자가 올 때까지는 마무리를 지어놓아야겠지.'

그는 공을 백사청에게 온전히 넘겨주고 싶지 않았다. 세상으로 나가기 전 공을 하나 더 쌓아 놓으면 그만큼 높은 지위를 맡을 수 있을 터였다.

그는 후인탁과 싸우고 있는 호당의 등 뒤로 천천히 다가갔다.

바로 그때, 호당이 후인탁의 검세 속으로 뛰어들었다. 이판사판처럼 보이는 공격이어서 그동안 보이지 않던 약점까지 보였다.

'기회!'

후인탁은 호당의 약점을 향해 검을 뻗었다. 그러나 곧 자신도 모르게 멈칫했다. 검을 뻗으면 호당의 어깨를 꿰뚫을 수 있지만, 조화설 역시 큰 부상을 입을지 몰랐다.

그 순간은 말 그대로 찰나에 불과했다.

하지만 호당은 그 순간을 놓치지 않고, 검을 좌우로 흔들며 전 공력을 검에 쏟아 부었다.

쩌정!

"크윽······."

후인탁의 몸이 뒤로 튕겨졌다.

호당은 후인탁을 그림자처럼 따라가며 또다시 검을 뻗었다.

번개와 같은 검광이 가슴을 일격에 가를 것처럼 뻗어가자, 후인탁은 다급히 검을 쳐내며 신형을 옆으로 틀었다.

호당은 더 공격하지 않고, 상대가 비켜선 자리를 그대로 통과해서 순간적으로 십여 장의 거리를 벌였다.

"어리석군! 도망갈 수 있다고 보시오!"

나강문이 두 눈에 쌍심지를 켜고 땅을 박찼다.

묵운당의 무사도 즉시 호당의 뒤를 쫓았다.

호당의 등에 업혀 있던 조화설은, 두 사람이 쫓아오는 걸 보고 안타까운 어조로 호당에게 말했다.

"호 장로님, 저를 놓고 가세요."

조화설이 안타까운 표정을 짓자 호당이 달려가면서 말했다.

"지금쯤 그가 오고 있을 거요. 그때까지만 견디면 가능성이 전혀 없는 것도 아니외다."

조화설은 호당이 말한 사람이 누군지 알고 있었다.

그는 '사영'이라 했다. 갑작스런 모반사건을 겪고도 이번 호교무장전에서 우승한 수라종파의 수라령주.

커다란 키, 단단해 보이는 어깨, 각진 턱과 마른 얼굴에 튀어나온 광대뼈. 전체적인 인상이 남자답다는 느낌을 주는 자였다.

특히 푸른빛이 도는 깊은 눈은 그녀가 한 번 슬쩍 본 이후 다시는 눈을 주지 않게 된 주된 이유이기도 했다.

그 눈을 스쳐 본 순간, 가슴이 철렁 내려앉은 기분이 들면서 오랫동안 잊고 있었던 느낌이 고개를 든 것이다.

그 느낌은 오직 한 사람에게만 느껴야 되는 감정이었다. 다른 어느 누구에도 줄 수 없는 그런 감정.

해서 그녀는 두 번 다시 그를 보지 않으려고 몇 번이나 억지로 마음을 다잡아야만 했다.

그런데 그가 왜 자신을 구하는 일에 앞장선 것일까? 혹시 자신에 대해 이상한 마음을 먹은 것은 아닐까?

'아냐, 그는 나를 알지도 못하는데……'

의아해하는 그녀를 향해 호당이 마저 말했다.

"그는 아가씨를 잘 아는 것처럼 보였소이다. 처음에는 넋이 빠진 것처럼 행동하기에 제정신이 아닌 사람인가 했는데, 나중에 생각해 보니 격동을 가라앉히기 위해 그런 듯 느껴지더구려. 혹시 밖에 계셨을 때 만난 사람 중 스무 살쯤 되는 청년은 없었소? 그가 수라종파의 교도가 된 것은 최근의 일이라 하오만."

호당의 말이 끝날 때까지 조화설은 입을 꾹 다물었다.

갑자기 가슴이 떨리고 숨이 막혔다.

스무 살 청년은 아니어도, 그렇게 보이는 사람은 있었다.

문득 그와 사영의 얼굴이 겹쳐졌다.

사도무영, 사영. 그 이름도 겹쳐졌다.

'마, 맙소사! 설마……, 그가……?'

몸이 와들와들 떨렸다.

'왜, 왜 그를 몰라봤을까?'

바보! 세상에서 제일 똑똑한 것처럼 행동하더니, 너는 세상에서 제일 멍청한 바보야, 조화설!

'바보, 바보, 바보, 바보! 어떻게……, 어떻게 그를 몰라봐……. 어떻게!'

호당은 조화설의 몸이 사시나무처럼 떨리자 의아한 생각이 들었다.

'아가씨가 왜 그러지? 혹시 부상이라도……'

그러나 더 이상 다른 생각을 할 겨를이 없었다. 뒤쪽에서 두 줄기 기운이 그의 몸을 짓눌러버릴 듯이 밀려오고 있었다.

하나는 허공, 하나는 다리를 노리는 공세였다.

호당은 몸을 틀면서 허공으로 떠올랐다. 삼 장 허공에서 검과 함께 떨어져 내리는 나강문이 보였다.

조화설이 약간의 부상을 입더라도, 자신만큼은 더 이상 도주하지 못하게 막으려는 심산인 듯했다.

이를 악문 그는 검을 휘둘러 나강문의 공세를 먼저 막아냈다.

두 사람의 검세가 충돌하며 굉음이 터져 나왔다.

쾅!

호당은 숨이 턱 막히면서 가슴이 답답해졌다. 조화설을 보호하기 위해 공력의 일부를 돌린 결과였다.

하지만 그는 터질 듯이 억눌린 가슴의 통증을 꾹 참고, 나강문과 충돌 시 생긴 반탄력을 이용해 신형을 날렸다.

"지독하군! 정말 대단해!"

나강문이 분노인지 감탄인지 모를 소리를 내질렀다.

그 사이 묵운당의 무사가 호당을 향해 달려들고, 후인탁도 뒤늦게 가담했다.

호당이 구천신교 최강인 현천종파의 팔대 장로 중 하나라지만, 묵운단주 나강문도 그 못지않은 고수였다.

 더구나 움직임에 제약을 받는 입장에서는 세 사람을 상대하며 크게 불리하지 않은 것만도 다행이었다.

 하지만 그것도 한계가 있었다. 추적대가 모두 몰려오면 끝장이었다.

 '그럴 수는 없지!'

 호당은 으드득 이를 갈고는, 기해혈과 심장을 보호하고 있는 선천진기를 끌어올렸다.

 자신은 죽더라도 조화설만은 살려야 했다. 그러기 위해선 사영이 올 때까지 버텨야 하는데, 다른 방법이 없었다.

 세 걸음을 옮기는 사이, 그의 얼굴이 붉게 달아올랐다.

 나강문의 공세가 지척까지 다가온 상황.

 호당은 빙글 몸을 돌리며 허공으로 솟구쳤다. 비록 짧은 순간이지만, 허공에 떠올라 있는 시간이라도 벌어야 했다.

 그때 나강문이 심상치 않음을 눈치채고 소리쳤다.

 "조심해라! 호당이 선천진기를 끌어올린 것 같다!"

 "흥! 늦었다!"

 번쩍!

 허공에 떠오른 호당의 검에서 시퍼런 검강이 죽 뻗어 나왔다.

 나강문도 검에 전력을 쏟아부어 호당의 검강에 맞섰다.

일순간, 두 사람의 검강이 두 자의 거리를 둔 채 정면으로 충돌했다.

콰르릉!

천둥소리가 나는가 싶더니, 나강문이 신음을 흘리며 뒤로 튕겨졌다.

"크윽!"

호당은 또다시 그 힘을 이용해 뒤로 날아갔다.

그때였다.

"호당! 더 이상 그대가 갈 곳은 없다!"

냉랭한 목소리와 함께, 강력한 힘이 앞쪽에서 밀려들었다.

그 힘의 주인을 본 호당의 눈이 커졌다.

"백사청……."

눈을 부릅뜬 호당은 백사청의 이름을 부르며, 태산을 짓누를 것처럼 밀려드는 장력의 중심을 향해 검을 내질렀다.

쩌적!

백사청의 장력 중앙에 호당의 검강이 박혀들었다.

동시에 대기가 터져나가는 굉음이 일고, 호당과 백사청의 몸이 각기 삼 장씩 뒤로 날아갔다.

그 바람에 호당은 결국 백사청과 묵운당의 세 사람에게 다시 포위된 상황이 되고 말았다.

"호…… 장로님……. 저를…… 놓고…… 가세요."

그때 등 뒤에서 조화설의 목소리가 가늘게 흘러나왔다.

호당은 기겁한 얼굴로 급히 조화설을 돌아다보았다.

"아가씨!"

목을 끌어안고 있는 그녀의 얼굴이 석고처럼 창백했다. 파리한 입술가에선 핏물마저 보였다.

아무리 그가 공력으로 보호했다고 해도, 초절정고수들의 격전을 그녀가 견딘다는 것은 무리일 수밖에 없었던 것이다.

"호 장로, 그녀를 내려놓으시오. 그녀라도 살려야 하지 않겠소?"

백사청이 넌지시 호당에게 말했다.

평상시라면 힘으로 누를 생각부터 했을 것이다. 그러나 지금은 그럴 수가 없었다.

호기가 발동해서 호당과 일수를 겨루었지만, 막상 겨루고 나서는 후회가 막심했다.

그럭저럭 아물어가던 옆구리의 상처가 도진 것 같았다. 게다가 온전해도 쉽지 않은 상대를 팔 할의 공력으로 상대하지 않았는가. 조화설 때문에 호당이 전력을 쏟지 않아 망정이지, 하마터면 또 내상을 입을 뻔했다.

'빌어먹을. 일단 나강문에게 맡겨두고, 사람들이 올 때까지 앞만 막았어야 하거늘.'

반면, 호당은 끓어오르는 기운을 억누르며 갈등했다.

끌어올린 선천진기가 언제까지 버텨줄지 그조차 정확히 알지 못했다. 반각이 될지, 일각이 될지 상황에 따라 달라질 터였다.

 문제는 조화설이었다. 이 상태로 조화설을 업고 싸운다는 것은 무리였다. 자신보다 조화설이 먼저 죽을지 몰랐다.

 더구나 구천신교의 다른 고수들도 하나 둘 나타나는 판이었다.

 그는 눈을 백사청에게 둔 채, 몸을 기울인 후 조화설을 안아 천천히 내려놓았다. 그녀는 이미 스스로 서 있기도 힘들 정도의 내상을 입은 상태였다.

 "한 번의 판단 착오가 아가씨를 힘들게 했구려……."

 조화설은 느릿하니 고개를 저으며 웃었다.

 백사청은, 착잡한 표정을 짓고 있는 호당과 조화설을 향해 다가갔다.

 사영을 죽이진 못했지만, 그래도 공을 세웠지 않은가.

 만족감이 그의 입가에 조소로 피어났다.

 "잘 생각 했소. 후후후후……."

 바로 그때였다.

 쏴아아아아!

 그들이 있는 숲속으로 갑자기 돌풍이 불어왔다.

 돌풍이 그들 중앙을 휩쓸고 지나가자, 바닥에 수북이 쌓인 낙엽이 허공으로 솟구쳤다.

 일시지간, 사람들은 자신도 모르게 움찔하며 눈을 좁혔다.

 찰나였다.

호당이 갑자기 눈을 반짝이더니, 조화설을 안아 들어서 허공을 향해 던졌다.
 조화설의 몸이 낙엽과 함께 허공으로 솟구쳤다.
 "무슨 짓이냐!"
 백사청이 노성을 내지르며 조화설을 향해 몸을 날리자, 호당이 검과 하나가 되어 그를 공격했다.
 "백사청! 네놈은 내 검이나 받아봐라!"
 백사청은 호당의 공세를 얕보지 못했다.
 죽음을 무릅쓰고 선천진기까지 끌어올린 호당이었다. 거기다 지금은 그에게 조화설마저 없는 상황. 자신의 몸을 걱정해야 할 판이었다.
 나강문이 백사청을 향해 소리쳤다.
 "이공자! 조심하십시오!"
 "감히 헛수작을 부리다니!"
 백사청이 별수 없이 호당을 상대하기 위해 방향을 틀자, 나강문이 쾌재를 부르며 조화설을 향해 몸을 날렸다.
 '흐흐흐, 이공자는 그 늙은이나 상대하시구려.'
 하지만 그는 조화설을 향해 날아가다 말고 하마터면 기혈이 엉킬 뻔했다.
 귀신이 곡할 일이었다. 낙엽과 함께 허공으로 오 장이나 솟구친 조화설의 몸이 온데간데없이 사라져 버린 것이다.
 그야말로 잠깐 백사청를 향해 눈을 돌린 순간에 벌어진 일이었다.

그때 그들이 있는 곳으로 다가오던 구천신교의 사람들 중 하나가 허공을 노려보며 소리쳤다.

"누가 조화설을 낚아챘다!"

3.

극성으로 펼쳐진 용천풍과 귀영신법은, 낙엽으로 인해 잠깐 시야가 막힌 사람들의 시선을 속이는데 충분할 만큼 빠르고 은밀했다.

만약 구천신교의 사람들이 조금만 늦게 왔어도 그가 조화설을 구하는 걸 보지 못했을 터였다.

그럼 그대로 사라지면 되는 일이거늘…….

아쉬웠지만 어쩔 수 없는 일. 사도무영은 조화설의 몸을 끌어안고는, 눈 깜짝할 순간에 우거진 나무 뒤로 날아갔다. 그러고는 곧장 숲을 통과해 적들의 시선에서 벗어났다.

구천신교의 사람들과 싸울 생각은 아예 하지 않았다. 조화설을 구하는 게 무엇보다 중요했다. 그녀를 안는 순간, 그녀의 몸에 이상이 있다는 것을 느낀 것이다.

'이럴 줄 알았으면 처음부터 나를 밝혔을 텐데……. 미안해요, 화설 누이!'

그때 문득, 조화설이 자신의 옷을 움켜쥐는 게 느껴졌다.

사도무영은 그녀에게 충격이 가지 않도록 조화설의 몸을 회천무벽으로 보호하고 최대한 조심해서 걸음을 옮겼다.

가슴 쪽에서 나직한 외마디 목소리가 흘러나온 것은, 조화설을 구한 곳에서 오십여 장 가량 떨어졌을 때였다.

"영……."

사도무영은 그것이 자신을 부른 것임을 알고 얼굴이 벌게졌다.

"저인 줄 알고 있었어요?"

조화설이 희미하게 웃었다. 그리고 그의 가슴에 얼굴을 묻고 힘없이 고개를 저었다.

그녀의 희미한 목소리가 가슴속에서 울렸다.

"아니……. 미안, 못 알아봐서……."

사도무영은 그녀의 몸을 바짝 끌어안았다.

언뜻 가슴 부위에서 물기가 느껴졌다.

"오히려 제가 미안하죠, 좀 더 빨리 왔어야 했는데……."

조화설은 웃음을 지은 채 눈을 꼭 감았다.

'와줘서…… 고마워.'

굳이 이런저런 말을 하지 않아도 사도무영의 마음을 알 것 같았다.

오죽했으면 수라종파의 교도로 위장해서 이 오지까지 찾아왔을까.

사도무영의 옷자락을 움켜쥔 그녀의 손에 힘이 들어갔다.
'나도…… 보고 싶었어.'
차마 그 말을 하지는 못했다. 그저 가슴을 통해 전해지기만 바랄 뿐.
오늘따라 싸늘한 바람이 봄날의 훈풍처럼 느껴졌다.
지난 이 년 몇 개월의 그 어느 날보다 마음이 편안했다.

계곡을 따라 백 장쯤 내려갔을 무렵, 나무 뒤에 숨어서 기다리던 망혼진인이 밖으로 튀어나왔다.
"구했구나!"
만나서 오순도순 이야기 나눌 시간이 없었다.
"사부님, 오실 필요 없어요! 돌아가세요!"
망혼진인은 허공에 대고 쌍장을 휘둘러 속도를 줄이고는 절묘하게 몸을 틀었다.
뾰족하게 생긴 바위 위에 내려선 그는 목을 빼고 계곡 안쪽을 쳐다보았다.
"썩을 놈들, 개떼처럼 몰려오는군!"
한바탕 욕설을 퍼부은 그는 바위를 박차고 방향을 틀었다.
얼마를 더 가자, 저만치 아래쪽에서 도담과 적도광이 올라오는 게 보였다.
"다시 내려가라, 놈들이 쫓아온다!"
망혼진인의 목소리에 도담과 적도광이 멈칫했다.

그들보다도 훨씬 더 뒤에서 따라오던 수라단원들도 추적해 오는 구천신교 사람들의 고함소리가 점점 커지자 안색이 하얗게 질렸다.

"지미, 내 이럴 줄 알았다니까."

"야 이 자식아! 인상 쓸 시간이 어디 있어? 도망쳐!"

수라단원들은 다급히 몸을 돌리고는, 올라올 때보다 족히 배는 더 빠른 속도로 계곡 아래를 향해 내달렸다.

그때만큼은 누구도 힘들다는 투정을 하지 않았다.

사도무영은 수라단이 되돌아가는 걸 보고 망혼진인을 불렀다.

"사부님."

짧은 다리로 한 걸음에 십 장씩 성큼성큼 날듯이 달려가던 망혼진인이 힐끔 고개를 돌렸다.

"왜?"

"누이 좀 맡아주세요."

"그 아이를? 왜?"

"저들의 추적을 지연시켜야겠어요."

이대로 추적을 포기할 자들이 아니었다. 게다가 빠져나가는 길도 외길이었다.

자신과 사부는 걱정이 없었다. 도담과 적도광도 저들에게 따라잡힐 정도는 아니었다.

문제는 수라단원들이었다. 그들은 구천신교 고수들의 추적을 뿌리칠 수 있을 만큼 강하지도, 빠르지도 않았다.

사도무영은 조화설을 내려다보았다.

품에서 떼어내기가 아쉬웠지만, 적을 상대하려면 어쩔 수 없었다.

"누이, 잠시만 사부님께 가 있어요. 사부님은 제가 저들을 막는 동안 수라단 사람들과 함께 최대한 멀리 벗어나세요."

엉겁결에 조화설을 넘겨받은 망혼진인은 사도무영의 뒤를 힐끔 넘겨다보고 불안한 표정으로 말했다.

"적이 너무 많은데, 그냥 가지 그러느냐?"

"제가 도망치려고 마음먹으면 천하의 누구도 잡지 못합니다. 그러니 제 걱정 말고 어서 가세요."

사도무영을 말릴 수 없다는 것을 직감한 망혼진인은 당부 한마디만 남기고 신형을 날렸다.

"안 되겠다 싶으면 바로 도망쳐라! 알았지?"

적과 끝장을 보려하지만 않는다면 걱정할 것은 없었다. 자신보다 더 빠르고, 훨씬 강한 제자가 아닌가? 제자가 도주하고자 한다면, 놈들은 닭 쫓던 개꼴이 될 것이었다.

사도무영은 담담히 웃으며 몸을 돌렸다.

저만치서 추적해 오는 자들이 하나둘 모습을 드러내기 시작했다. 개중에는 백사청도 있었다. 호당은 다른 사람에게 맡긴 듯했다.

숫자는 대충 봐도 이십여 명. 하나같이 절정 이상의 고수들이었다.
 혼자 상대하기에는 적잖은 인원이었지만, 사도무영은 조금도 위축되지 않았다. 위축은커녕 가슴 깊은 곳에서 전의가 불타올랐다.
 어쩌면 들킨 것이 더 잘 된 일일지도 몰랐다.
 저들은 조화설을 고생시킨 대가를 치러야 했다.
 '너희들은 곧 공포가 뭔지 알게 될 것이다.'
 그는 왼쪽 팔목에 진기를 주입하고 살짝 비틀었다.
 지옥마갑이 돌아가며 기이한 소음이 났다.
 끼리리릭.
 왼손 팔목을 조이는 느낌이 드는가 싶더니, 어느 순간 철컥, 하며 걸쇠 풀리는 소리가 나직이 들렸다.
 '실전에서 쓰는 건 처음인데, 잘 될지 모르겠군.'
 그 사이 백사청을 비롯한 이십여 명의 구천신교 고수들이 그의 전면에 도착했다.
 사도무영은 왼팔을 가볍게 움직여 보고는, 도를 빼들고 그들을 향해 발을 내딛었다.
 그 모습을 본 백사청의 입가에 조소가 떠올랐다. 사도무영의 행동이 그의 눈에는, 당랑이 수레를 막은 것처럼 보인 것이다.
 "역시 네놈의 짓이었구나! 감히 신교에서 잡아 놓은 여인을 빼돌리려고 하다니! 그게 죽을죄라는 걸 모르지는 않겠지?"

이제는 조화설을 잡는 것보다 사도무영을 죽이는 것이 더 중요했다. 조화설이야 사도무영을 죽이고 천천히 쫓아도 될 터였다. 사도무영만 죽일 수 있다면, 설령 조화설을 놓쳐도 대만족이었다.

사도무영의 입가에 싸늘한 웃음이 번졌다.

"헛소리는 그만 하시지. 처음부터 그녀와 일행이었다면 함께 움직이지, 왜 따로 움직였겠나? 원래는 그냥 가려고 했는데, 아름다운 여인이 당신 같은 자에게 당하는 게 너무 아까워서 구했을 뿐이야. 아무런 힘도 없는 여인에게 부상을 입히는 당신보다는 내가 데려가는 게 나을 것 같았거든."

그는 일단 오리발을 내밀었다.

믿으면 믿는 대로 좋고, 믿지 않아도 손해 볼 게 없었다. 구천신교가 수라곡을 내칠 생각이 아니라면, 일단 자신의 말이 진실인지 아닌지 가리려는 시늉이라도 할 수밖에 없을 테니까.

"건방진 놈! 어디 죽어가면서도 그따위 말을 하는지 보자!"

"나를 죽이겠다고? 여자를 구한 게 그렇게 큰 잘못인가? 그럼 여자를 데려오면 없던 일로 할 수도 있겠군."

정말로 그럴 생각은 개미눈물만큼도 없지만.

"흥! 이미 늦었다, 이놈! 네놈이 그 계집을 구한 이상, 데려온다 해도 죄가 없어지지는 않을 것이다!"

백사청으로선 조화설을 잡아가는 것보다 사도무영을 죽이

는 걸 더 원했다. 그러니 사도무영이 조화설을 데려오지 않는 게 나았다.

그의 마음을 안 사도무영의 입가에 조소가 떠올랐다.

"훗, 나를 그렇게 죽이고 싶은가? 그 여자를 잡아가는 것도 제쳐놓을 정도로? 글쎄, 나를 죽이는 일이 그렇게 쉽지는 않을 걸?"

사도무영은 전면에 늘어선 사람들을 둘러보며 싸늘하게 말했다.

"나는 나를 공격하는 사람을 용서할 정도로 마음이 좋은 사람이 아니오. 누구든 나를 공격할 때는 죽을 각오를 하고 덤벼야 할 것이오."

"흥! 끝까지 건방을 떠는군! 신교의 제자들은 저놈을 잡으시오!"

백사청의 말이 떨어지기 무섭게, 그의 좌측에서 두 명의 중년인이 튀어나갔다. 신월교의 복장을 한 자들이었다.

이곳에 있는 누구도 사도무영이 호교무장전의 우승자라는 걸 모르지 않았다.

현유와 백사청을 이기고 우승을 차지한 초절정의 고수. 그게 바로 그들이 아는 '사영'인 것이다.

그러나 추적에 나선 자들 역시 약한 자는 한 사람도 없었다. 현천교의 최정예단체 중 하나인 묵운단의 무사들이 약하게 느껴질 정도였으니까.

그들은 모두가 각 종파의 중견고수들. 개중에는 장로도 세 명이나 끼어있는 것이다.

먼저 나선 신월종파의 두 사람도 장로에 뒤지지 않는 고수들이었다.

그들은 상대가 비록 호교무장전의 우승자라 해도 둘이면 쉽게 밀리지 않을 거라 생각했다. 오히려 경험 면에서 자신들이 앞서는 만큼 잘하면 이길 수도 있을 거라 생각했다.

그러한 생각이 얼마나 잘못된 것인지 아는 데는 그리 오랜 시간이 필요치 않았다.

사도무영은 두 사람이 일 장 안으로 들어온 다음에야 도를 휘둘렀다.

일순간, 허공을 길게 가른 시퍼런 도광이 두 사람을 동시에 휘감았다.

따당!

맑은 쇳소리와 함께 신월교의 두 중년인이 좌우로 갈라졌다.

사도무영은 망설이지 않고 우측의 중년인을 공격했다.

우측의 중년인은 두 자루 단창을 들고 있었는데, 사도무영이 공간을 단숨에 좁히며 코앞까지 다가오자 단창을 휘두르며 뒤로 물러났다.

하지만 사도무영의 빠름은 망혼진인조차 혀를 내두른 터였다. 더구나 작정을 하고 처음부터 팔성의 공력을 끌어올린 상태였다.

쉬익!

 중년인이 채 한 걸음을 물러서기도 전에 허공이 쩍 갈라졌다. 안색이 흙빛으로 변한 중년인은 다급히 단창을 들어 막았다.

 사도무영은 도를 내리치는 중에도 살짝 비틀어서 단창을 튕겨냈다. 그러고는 중년인의 가슴을 그대로 갈라버렸다.

 땅!

 "크억!"

 남들이 보기에는 모든 것이 한 동작처럼 보일만큼 빠른 변화였다.

 "지얏!"

 억눌린 비명을 토하는 중년인의 가슴에서 피분수가 솟구치자, 좌측의 중년인이 소리쳤다.

 사도무영은 중년인이 꺼꾸러지는 것을 보지도 않고 곧장 좌측의 중년인을 향해 날아갔다.

 "이제부터 벌어지는 일은 모두 그대가 책임져야 할 것이다, 백사청!"

 그때 백사청이 있는 곳에서 다시 두 사람이 튀어나왔다.

 "이놈! 여기도 있다!"

 금황종파와 수밀종파의 복장을 한 자들이었다.

 사도무영은 그들이 달려오던 말든, 신월교의 중년인을 향해 날아가며 도를 내리쳤다.

이미 동료가 무기와 함께 갈라진 것을 본 중년인은 감히 맞서지 못하고 뒤로 물러서기에 급급했다.

땅에 내려선 사도무영은 좌측 발을 축으로 반 바퀴 휘돌고는, 방향을 직각으로 틀어서, 새롭게 달려드는 자들을 향해 쏘아진 살처럼 날아갔다.

일체의 멈칫거림도 없는 움직임. 눈으로 따라잡기 힘들 만큼 빠른 변화였다.

금황종파와 수밀종파의 복장을 한 두 사람은 눈을 부릅뜨고 전력을 다해 사도무영을 막았다.

순간 직선으로 날아가던 사도무영의 신형이 허공으로 튀어올랐다. 너무 빨라서 두 사람의 눈에는 날아오던 사람이 사라진 것처럼 보일 정도였다.

사도무영은 허공에서 물구나무를 선 채로 도를 내리그었다.

날아오던 사람이 갑자기 사라지고, 머리 위에서 살을 에는 한기가 쏟아지자, 두 사람은 약속이라도 한 듯 바닥에 바짝 몸을 낮추고 앞쪽으로 나아갔다.

한 사람은 금사토행(金蛇土行), 한 사람은 유수잠행(流水潛行)의 신법을 펼쳤다. 그러나 이름만 다를 뿐 두 사람의 몸놀림은 비슷했다.

상대가 허공을 날아 뒤로 돌아간 이상 좌우보다 앞으로 가는 게 더 나을 거라 여긴 그들은, 빠르게 이 장을 벗어난 뒤 몸을 세우고 뒤로 돌아섰다.

순간 시퍼런 도광이 그들의 눈에 가득 찼다.

두 사람의 안색이 흙빛으로 변했다.

피하기에는 늦은 상황. 그들은 일단 검을 들어 사도무영의 공세를 막았다.

따다다당! 쩌정!

급작스런 방어를 하다 보니 공력이 제대로 실렸을 리 만무했다. 반면 사도무영은 작정을 하고 공격을 하는 터였다.

그러잖아도 실력에서 현격한 차이가 나는 판에 그 차이는 결코 작지 않았다.

사도무영의 도가 금황종파 교도의 한 팔을 자르고는, 뒤이어 수밀종파 교도의 목을 반쯤 베어버렸다.

"크악!"

"컥!"

비명이 동시에 터져 나오며 계곡에 메아리쳤다. 맑은 공기 대신 비릿한 혈향이 콧속을 파고들었다.

숨을 대여섯 번 쉴 시간에 절정고수 세 사람이 무너진 상황.

구천신교의 사람들은 보고도 믿을 수가 없는지 잠시간 움직이지 못했다.

그러나 그들은 다른 생각할 겨를이 없었다. 단숨에 세 사람의 고수를 쓰러뜨린 사도무영이 그들을 향해 쇄도하고 있었다.

그들은, 피를 본 사도무영이 마침내 광기에 물들었다고 생각했다.

그렇지 않고서야 어찌 이십여 명의 고수들 속으로 뛰어든단 말인가.

어쩌면 세 사람을 쓰러뜨리더니 자신들을 혼자 상대할 수 있다는 망상에 젖은 것일지도 몰랐다. 젊은 객기라면 얼마든지 그럴 수 있으니까.

그러나 자신들은 사영에게 당한 자들과는 달랐다. 그들보다 강했고, 그들처럼 방심하지도 않을 것이었다.

"미친 놈!"

백사청이 소리치며 검을 뽑아들었다.

좌우에 있던 장로들도 각자의 무기를 들고, 각 종파의 고수들은 앞으로 나아가며 사도무영을 넓게 포위했다. 사도무영에게 당한 세 사람이 속한 종파의 사람들이 먼저 이를 갈며 달려들었다.

"어디 얼마나 강한지 보자, 이놈!"

그들은 선공을 빼앗기지 않기 위해서 먼저 사도무영을 공격했다.

사도무영의 몸에서 바람이 일기 시작한 것은 바로 그때였다. 회천무벽이 펼쳐진 것이다.

장력이 사도무영의 몸과 한 자의 거리를 두고 옆으로 비껴가고, 도검이 미끄러졌다.

생각지도 못했던 상황. 당장 사도무영을 도륙 낼 것처럼 달려들던 세 사람은 혼비백산하며 급히 몸을 틀었다.

사도무영은 도를 사선으로 쳐올리며, 전면에 있는 화화종파의 사람을 향해 수라단혼을 펼쳤다.

아수라구도식은 대부분의 사람이 알고 있는 수라종파의 도법이었다. 그러나 사도무영의 손에서 펼쳐진 순간, 그것은 그들이 아는 도법이 아니었다.

쩡!

화화종파 교도는 겨우 사도무영의 도를 쳐내고는, 이를 악문 채 뒤로 주르륵 물러났다.

손아귀가 터질 것 같고, 팔목이 끊어질 것 같았다. 거대한 충격은 어깨를 지나 가슴까지 울렸다.

"이, 이런······."

예상보다 몇 배나 강한 도세!

그렇다면 호교무장전을 치르면서도 자신의 실력을 숨겼단 말인가?

그는 뭔가가 잘못되었다는 생각을 하며 눈을 부릅떴다.

찰나 한 줄기 도광이 그의 눈앞을 스치고 지나갔다.

서걱!

사도무영은 단숨에 화화종파 교도의 목을 베고는 허공으로 몸을 띄웠다. 지켜보며 기회를 노리던 자들 중 몇 사람이 더 달려들고 있었다. 피해가 더 커지기 전에 합공해서 제거할 작정인 듯했다.

하늘로 쏘아진 화살처럼 솟구친 사도무영은 오 장 허공에서 몸을 뒤집었다.

자신을 공격하는 자는 모두 여섯. 전후좌우를 완전히 봉쇄한 형태였다.

"찢어죽일 놈! 도망갈 생각은 마라!"

"네놈은 절대 이곳을 벗어나지 못한다!"

그들이 일제히 땅을 차고 사도무영을 향해 날아들었다.

사도무영은 허공에 뜬 채 좌수를 비틀었다.

'이제부터 공포가 뭔지 알려주마!'

좌수가 비틀리며 지옥마갑이 변화를 일으켰다.

순간, 그의 좌수 팔목에서 번개가 쏘아졌다. 정확히는 지옥마갑에 양각으로 새겨져 있던 번개무늬가 쏘아진 것이었다.

번개형태의 무늬는 단순히 양각되어 있는 게 아니었다. 그것은 이중으로 된 환 사이에 끼어져 있는 것이었는데, 얇고 폭이 좁은 하얀 줄에 연결되어 있었다.

일명 지옥전(地獄電)!

지옥마갑에 숨어 있는 두 가지 마물(魔物) 중 하나가 마침내 일천 년 만에 피를 그리며 현신한 것이다.

쒜에엑!

지옥전은 진정 번개처럼 날아가서 전면에 있던 한 사람의 이마를 꿰뚫었다. 꿈에도 생각지 못했던 공격에 당한 자는 자신이 왜 죽는지도 제대로 모르고 죽어갔다.

사도무영은 지옥전이 상대의 이마에 박히자마자 다시 왼팔을 흔들었다.

피리리링!

지옥전에 이어진 하얀 줄이 흔들리며 심혼을 흔드는 기음이 일었다.

지옥전을 움직이는 지옥전사(地獄電絲)는 단순한 줄이 아니었다.

금속으로 만들어진 줄은 얇기가 종잇장 같고, 넓이는 한 푼에 불과했다. 한데 어떤 금속으로 만들었는지, 칼날조차 흠을 내지 못하는 사도무영의 손을 벨 정도로 예리하면서도, 자유자재로 움직일 수 있을 만큼 부드러웠다.

게다가 길이가 삼 장이나 되었다.

회천무벽으로 몸을 보호하지 않으면 주인조차 감당할 수 없는 마물!

그것은 지옥전 이상의 공포였다!

사도무영이 손을 흔들자 지옥전이 방향을 틀고, 지옥전사가 허공을 휩쓸었다.

쏴아아아!

파도가 모래사장을 휩쓰는 소리가 났다.

그것은 공포가 밀려가는 소리였다. 또한 세상에 새로운 공포가 등장했음을 알리는 소리이기도 했다.

사도무영의 일 장 근처까지 접근했던 다섯 사람이 눈을 홉 떴다.

전혀 예상치 못했던 공격!

도만 견제하던 그들에게 지옥전과 지옥전사의 습격은 난데없는 날벼락이었다.

찰나의 순간! 지옥전사가 두 사람의 목을 휘감고 깊숙이 파고들었다.

사도무영은 좌수를 잡아당기고는, 그 힘을 이용해 허공을 유영했다.

후두두둑!

지옥전사가 빠져나간 두 사람의 몸에서 피분수가 솟구쳤다. 조금만 더 세게 당기든, 아니면 공력을 더 실었다면 목이 잘렸을 터였다. 하지만 지옥전사를 당겨 그 힘을 이용하려 했기에 그 정도에서 그친 것이었다.

상대가 눈앞에서 사라지고 동료들의 피가 안개처럼 뿜어진다. 나머지 세 사람은 기겁한 표정으로 사도무영을 찾았다.

순간적인 움직임으로 적들의 눈을 속인 사도무영이 다시 좌수를 흔들었다.

아래쪽에 있던 자들이 발악하듯이 외쳤다.

"뒤쪽이야!"

"피해!"

하지만 그들이 소리쳤을 때는 이미 하얀 안개가 세 사람을 뒤덮은 뒤였다.

사도무영의 손짓을 따라 휘돌던 지옥전사가 세 사람을 휩쓸고 지나갔다.

"아, 안 돼!"

"크윽!"

또다시 신음과 함께 세 줄기 피분수가 솟구쳤다.

허공에 뜬 채로 적 여섯을 모두 처리한 사도무영은 좌수를 비틀며 지옥마갑에 내력을 집어넣었다. 지옥마갑의 내부에 있는 판이 빠르게 돌며 지옥전사가 순식간에 구멍 안으로 들어갔다.

그가 땅에 내려섰을 때는 이미 지옥전이 완전히 회수된 후였다.

하지만 구천신교의 사람들은 주춤거리기만 할뿐 그를 공격하지 못했다. 절정고수 열 명이 한순간에 죽었다는 사실이 그들의 가슴에 공포를 심어버린 것이다.

사도무영은 땅에 내려서자마자 전면을 향해 쇄도했다.

"놈이 기병을 쓰면 무기로 감아버리시오! 그러면 기병이 소용없게 될 것이니 망설이지 말고 놈을 치시오!"

악에 바친 백사청이 구천신교 사람들을 다그쳤다.

적절한 방법이었다. 기병만 아니면 충분히 상대할 수 있을 것 같았다.

그러나 사도무영에게는 지옥마갑만 있는 것이 아니었다.

회천무벽으로 몸을 보호한 사도무영은 도를 뻗는 척하며 좌수 오지를 튕겼다.

"헛!"

"이놈이!"

번갯불처럼 뻗어나간 다섯 줄기 뇌전이 두 사람의 몸을 꿰뚫었다. 그나마 두 사람은 잔뜩 긴장하고 있던 터라, 가까스로 몸을 비틀어 요혈이 뚫리는 것은 겨우 모면했다.

그 사이 사도무영은 방향을 틀어 백사청을 공격했다.

좌충우돌!

마치 한 마리 호랑이가 겁에 질려 우왕좌왕하는 늑대 떼를 공격하는 것만 같은 광경.

눈으로 쫓기 힘들 정도의 빠른 움직임은 구천신교의 사람들에게 공격 기회조차 주지 않았다.

쩌저정! 콰광!

찰나 간에 삼 초의 도세가 백사청을 구석으로 밀어붙였다.

백사청은 전력을 다해서 사도무영의 공세를 막았다.

그러나 사도무영의 공세는 호교무장전에서 대했을 때와 많은 것이 달랐다. 그때와 달리 일도 일수에 죽이겠다는 분노가 실려 있는 것이다.

백사청은 부서질 정도로 이를 악문 채 묵령기가 실린 검으로 현천십삼검을 펼쳤다.

"이놈! 팔다리를 모조리 잘라서 죽여 버리겠다!"

그러나 젖 먹던 힘까지 쏟아내 봐도 전세는 조금도 나아지지 않았다. 아니 나아기지는커녕 사 초가 흐르자 그의 입가로 핏물마저 흘렀다.

백사청이 위험해지자, 근처에 있던 세 사람이 일제히 몸을 날렸다.

"이공자! 우리가 돕겠소!"

현천교와 신월교의 장로 둘에 금황종파의 호법까지. 그들은 절정의 경지를 넘어 초절정의 경지에 들어선 자들로, 구천백령에 속한 고수들이었다.

이곳에 온 자들 중 가장 강한 다섯 사람 안에 드는 자들.

백사청은 그들의 도움을 마다하지 않았다. 지금은 자존심을 세울 때가 아니었다. 오히려 그들의 행동이 굼뜨게 느껴질 정도로 마음이 다급했다.

'멍청한 늙은이들! 빨리 돕지 않고 왜 구경만 하고 있어!'

그때였다.

번쩍!

수라도의 도첨에서 청광이 폭사되었다.

'헛! 저것은?'

백사청은 자신을 패배시켰던 도법이 펼쳐지자, 황급히 현천십삼검을 펼쳐서 전면을 철벽처럼 틀어막았다.

하지만 사도무영의 마음가짐이 다르듯이, 그가 펼친 아수라무광일도단천식의 위력도 전과 달랐다.

콰광!

철벽이라 생각했던 현천검막이 굉음과 함께 갈기갈기 찢겨지며 터져나갔다.

"크으윽!"

곧이어 백사청의 입에서 억눌린 신음이 흘러나왔다.

백사청은 어깨를 부여잡고 사력을 다해 뒤로 물러났다.

그의 손가락 사이로 잘려나간 뼈의 단면이 보였다. 또한 입에서 흐르던 핏줄기도 눈에 확 띌 정도로 굵어져 있었다.

사도무영은 그를 더 이상 공격하지 않았다.

세 사람의 공격이 등 바로 뒤까지 다다른 상황. 만근 압력이 밀려들고 있었다.

회천무벽이 천고의 호신기공임은 분명했다. 그러나 초절정 고수가 셋이나 되었다. 그들의 전력이 실린 공격을 단순한 회천무벽의 보호막만으로 감당할 수 있을지는 그도 장담할 수 없었다.

사도무영은 오른발을 축으로 찰나 간에 몸을 열두 바퀴 휘돌렸다.

콰콰콰콰!

그를 중심으로 거센 회오리바람이 일어났다. 회천무벽의 세 가지 운용결 중 회선결(回旋決)로 인해 일어난 현상이었다.

거기에 도까지 들려 있으니 회오리바람에 도강이 뒤섞여 죽음의 바람이 되었다.

떠더더덩!

회오리바람에 부딪친 세 사람의 기운이, 빠르게 도는 팽이에 부딪친 빗방울처럼 엉뚱한 곳으로 튕겨졌다.

"헛!"

"뭐야?"

"호신강기인가?"

세 사람은 순간적으로 당황했지만, 다른 자들처럼 우물쭈물하지 않고, 역공을 당하기 전에 재빨리 뒤로 물러났다.

그러나 사도무영은 그들을 공격하지 않았다. 어느새 칠팔 명의 적이 더 늘어나 있었다. 그리고 계속 늘어나고 있는 중이었다.

열 명을 죽이고 백사청까지 중상을 입히면서 자신 역시 내력이 흔들린 상태. 한 사람도 남김없이 모두 죽일 수 있다면 몰라도, 그러지 못할 바에는 이쯤에서 빠져나가는 게 나았다.

사도무영은 상대가 물러나자마자 허공으로 솟구쳤다.

그러고는 허공을 새처럼 날아서 포위망을 빠져나왔다.

"쫓아오고 싶으면 쫓아와라! 모두 지옥으로 보내주마!"

산 정상을 쓸고 지나가는 한겨울의 찬바람보다 더 싸늘한 목소리가 구천신교 사람들의 어깨를 짓눌렀다.

누구도 그를 쫓지 않았다. 워낙 빨라서 쫓는다고 잡을 수도 없을 것처럼 보였다.

하지만 그보다는, 쫓고 싶은 마음 자체가 없었다. 오히려 그가 보이지 않자 안도감이 들 지경이었으니까.
 현천교의 장로 허위평은 허둥대며 백사청에게 달려갔다.
 "놈도 놈이지만 이공자부터 돌봐야겠소. 이공자, 괜찮소이까?"
 신월교의 장로인 소패가 사람들의 눈치를 보면서 머쓱한 표정으로 중얼거렸다.
 "대체 그게 뭔데 그리도 무서운 위력을 발휘한단 말인가?"
 금황종파의 호법, 단추명이 질린 표정으로 고개를 저었다. 정확한 형체를 보지도 못했으니 그에 대해선 할 말이 없었다.
 "그보다, 그놈의 실력이 그 정도일 줄은 생각도 못했습니다."
 "그거야 호교무장전의 우승자가 아닌가?"
 장로나 호법보다 반 수 위라는 백사청과 현유를 이긴 자다. 강한 거야 말할 것도 없었다.
 그들은 자신들이 사도무영을 쫓아봐야 잡지 못할 거라는 걸 그렇게 간접적으로 말하며 두려움을 감췄다.
 주위로 몰려든 사람들도 그들의 말에 이의를 제기하지 않았다.
 바닥에 널브러진 시신들. 그들의 몸에서 흘러나온 피가 계곡을 붉게 물들이고, 비릿한 혈향이 바람을 타고 흘렀다.
 그뿐이 아니었다. 어깨뼈가 잘려나간 백사청까지, 중상자도 몇 명이나 되었다.

그게 모두 그 한 사람과 싸운 결과였다. 그것도 반의반 각이 채 되지 않는 짧은 시간에 벌어진 일.

그들은 자신의 눈으로 보고도, 눈앞의 광경이 현실처럼 느껴지지 않았다.

동료의 죽음에선 별다른 감정을 느끼지 못했다. 죽은 자들은 그저 실력과 운이 없었을 뿐이니까.

그러나 공포감은 그러한 감정과 또 달랐다.

자신도 모르는 사이, 그들의 가슴에는 은은한 공포가 안개처럼 스며든 상태였다.

단추명은 자신도 모르게 후드득 어깨를 털고는, 단추구멍처럼 작은 눈을 깜박거렸다.

당연히 품었어야 할 의문점 하나가 갑자기 떠오른 것이다.

"그런데 그놈이 왜 다 죽어가는 조화설을 구해간 거지요? 정말 여인이 탐나서 구해갔을까요?"

소패가 이마를 찌푸리며 대답했다. 그것만으로는 구천신교의 모든 종파와 적이 될 충분한 이유가 되지 못했다.

"혹시 조화설이 알고 있다는 현천교의 비결을 알아내기 위해서 그런 게 아닐까?"

충분히 가능성이 있는 이유였다. 하지만 그 비결을 알아낸다 해도, 한 가지 물건이 없으면 빛 좋은 개살구일 뿐이었다.

그걸 모르고 납치해갔다면 멍청한 놈들이고, 알고도 납치했다면 죽고 싶어 환장한 놈들이었다.

"대교주님의 분노가 어디까지 미칠지 몰라도, 수라종파는 끝장이라고 봐야겠군요."

"아무래도 그렇겠지. 놈이 멍청한 짓을 하는 바람에 수라종파만 피해를 보게 생겼어……. 쯔쯔쯔……."

"결국 호교무장전의 우승자에 대한 자격도 박탈된다고 봐야겠지요?"

"당연히 그렇게 되지 않겠나?"

두 사람은 마주보며 슬며시 웃음을 지었다.

그들뿐이 아니었다. 호교무장전에서 수라종파에 앙심을 품은 종파의 교도들 대부분이 그 말을 듣고 속으로 쾌재를 불렀다.

사영이 우승자격을 박탈당하면, 자기 종파의 사람이 다시 도전할 수 있는 기회가 있는 것이다.

'백사청은 완전히 끝장났고……. 현유도 부상이 심한 것 같았지 아마? 흐흐흐…….'

제9장
피로 물든
청라지(靑羅池)

1.

　사도무영은 곧장 망혼진인과 교도들을 따라잡기 위해서 전력을 다해 경공을 펼쳤다.
　외길이어서 길이 엇갈릴 염려는 없었다.
　그렇게 이십 리를 달려가자, 숲 가장자리에 모여 있는 망혼진인과 수라종파의 사람들이 보였다.
　그 즈음 수라단원들에게서 조금 떨어져 있던 도담이 사도무영을 발견했다.
　"단주가 오는군."
　수라단원들도 고개를 빼들고는, 빠르게 다가오는 사도무영을 바라보았다.

"떼로 덤비고도 단주를 잡지 못했군."

"저 인간이 얼마나 강한데……. 거기다 날제비같이 빠르잖아."

"다친 곳도 없는 것 같은데? 에이…….."

수라단원들 중 몇몇이, 사도무영이 다치는 꼴 좀 봤으면 원이 없겠다는 투로 말하며 아쉬워했다.

망혼진인은 그들을 째려보았다. 하지만 당장 다그치지는 못했다. 말 자체는 사실이어서, 진심으로 걱정 되어 한 말이라고 하면 할 말이 없는 것이다.

거기다 조화설의 몸에 내력을 집어넣고 있는 중인지라 직접적인 행동을 할 수가 없었다.

'언제 제대로 걸리기만 해 봐라.'

곧 사도무영이 그들이 있는 공터에 도착했다.

그는 실실거리며 반기는 수라단원들에게 간단히 고개만 끄덕이고 망혼진인에게 다가갔다.

자신이 무사한 것을 기뻐해야 할 망혼진인의 표정이 어둡게 느껴진 것이다. 거기다 조화설을 돌보느라 일어나지도 않았다. 단순한 문제라면 그럴 사부가 아니었다.

"화설 누이는 좀 어떻습니까?"

망혼진인은 이맛살을 찌푸리고 잠시 머뭇거리더니, 별수 없다 생각했는지 사실대로 말했다.

"너무 심한 충격을 받은 것 같다. 내부가 뒤틀리고, 기경팔

맥의 상태가 아주 좋지 않아."

"설마 위험한 것은 아니겠지요?"

그래선 절대 안 되었다. 어떻게 구했는데!

"그 정도는 아닌데……."

"치료하면 괜찮아지겠죠?"

"일단 내가 가지고 있는 약을 먹이고 내력으로 경맥을 다스리긴 했는데, 얼마나 효과를 볼지는 모르겠다. 기경팔맥 쪽에 효과가 있는 경명단이라도 가져왔으면 좋았을 건데……."

경명단?

사도무영은 급히 품속을 뒤져 두 알의 약을 꺼냈다. 일전에 망혼진인이 염황적에게 줬던 바로 그 약이었다.

"이것 말입니까?"

망혼진인의 두 눈이 휘둥그레졌다.

"어? 그걸 왜 네가 가지고 있지?"

조화설에게 경명단 한 알을 복용시킨 망혼진인은, 그녀의 요혈 몇 군데를 눌러서 약기운이 최대한 고르게 퍼지도록 만들었다.

일 각 가량이 지나자 망혼진인이 조화설의 몸에서 손을 떼었다.

"이제 가자. 심하게 움직이면 안 되니까, 조심해서 다뤄라."

"예, 사부님."

사도무영은 조심스럽게 조화설을 안아 들었다.
수라단원들이 부러워하는 눈으로 쳐다보았다.
'그런 건 수하에게 시켜도 되는데.'
남자들은 사도무영이 되고 싶었고, 적소연과 미고는 조화설이 되고 싶었다.
'내가 안겼으면 얼마나 좋을까.'
하지만 사도무영은 그들의 마음을 알아줄 정신이 없었다.
차가운 날씨조차 조화설에게 좋지 않았다. 최대한 빨리 따뜻한 곳으로 가서 그녀를 쉬게 해야 했다.
광마각의 온천을 떠올린 그는, 조화설을 안은 채 쉬지 않고 수라곡을 향해 달렸다.
구천신교의 나머지 종파들이 공격해올지 몰라도 당장은 조화설을 구하는 게 먼저였다.
'그들도 수라곡을 치겠다고 전격적으로 움직이지는 못할 것이다. 나 개인의 일인지, 아니면 수라곡 전체의 뜻인지 모르고 있는 상황일 테니까.'
신지에 남은 수라종파의 사람들을 다그쳐 보겠지만, 아무것도 모르는 사람들을 다그쳐봐야 혼란만 가중될 것이었다.
문제는 북궁마야가 결정을 내리기까지 얼마나 걸리느냐 하는 것이었다.
하루가 될 수도 있고, 열흘이 될 수도 있고, 아니면 한 시진이 될 수도 있었다.

그도 아니면 사람을 보내서 회유시키려 하든지. 중원진출을 앞둔 상태에서 수라종파를 통째로 잃고 싶지는 않을 테니까.
이틀.
일단은 그 정도 시간만 벌어도 되었다.

조화설을 안고 있으면서도 그의 걸음은 수라단원들보다 빨랐다.
그 바람에 죽어나는 것은 수라단원들 뿐이었다.
험한 산길을 한 시진 이상 쉬지 않고 전력을 다해 달리자 서서히 지치기 시작했다.
그리고 다시 반 시진이 더 흐르자 사도무영을 부러워했던 마음이 싹 가시고, 이제는 행여나 사도무영이 자신들에게 조화설을 맡길까 봐 겁이 났다.
'맡기면 실수한 척하고 낭떠러지에다 던져 버릴 거야! 그러니까 나한테 맡기지 마, 단주!'
물론 남자들만 그런 마음일 뿐, 두 여자는 정반대였다. 교상의 생각이야 그만이 알 터이고.

2.

"호당이 조화설을 빼돌렸다고?"

"예, 사부님!"

현유는 무릎을 꿇고, 조금 전 들어온 보고에 살을 더 붙였다.

"나중에는 사영이란 놈이 나타나서 그 계집을 구해갔사온데, 그 과정에서 이사형이 크게 다치고, 각 종파의 교도들도 십여 명이 죽거나 다쳤다고 합니다."

북궁마야의 두 눈에서 묵광이 번뜩였다.

호교무장전에서 패한 것으로도 모자라 이번에는 중상을 입고 돌아왔다. 치욕적인 일이 아닐 수 없었다.

"바보 같은 놈! 그런 놈에게 두 번이나 지다니!"

현유는 고개를 숙인 채 북궁마야의 질문이 떨어질 때까지 기다렸다.

나서봐야 좋을 게 없었다. 자신도 패해서 결국 호교무장전의 우승을 놈에게 넘겨주지 않았는가 말이다.

북궁마야는 냉소를 지으며 현유를 내려다보았다.

"그놈이 왜 그 조화설을 구해갔다고 보느냐?"

"놈 말로는, 급히 수라곡으로 가던 중 조화설의 미모에 반해서 엉겁결에 구했다고 하는데, 솔직히 그 말을 전적으로 믿기에는 많은 의문이 있습니다. 제자의 생각으로는, 놈이 현천수호령에 대한 걸 알고 욕심을 낸 것이 아닌가 하는 생각입니다."

"현천수호령은 현천수호주가 없으면 아무 소용도 없다. 놈이 그런 생각을 하고 있다면 헛물만 켠 것이지. 그런데 내가 듣기로는, 그가 조화설을 데려오겠다고 했는데도 둘째가 죽이라고 했다지?"

"놈이 그냥 떠본 말일 수도 있지 않겠습니까?"

"그럴 수도 있겠지. 아니면 그 기회에 호교무장전에서 패한 빚을 갚으려고 했든지."

현유도 그랬을 거라는 생각을 했다.

하지만 백사청은 이제 자신의 경쟁상대가 아니었다. 그를 감싸주는 척이라도 하는 것이 백사청을 따르던 사람들을 자신 쪽으로 끌어들이는데 유리할 것이었다.

"이사형이 그렇게 속 좁은 생각을 하지는 않았을 것입니다."

"그래? 그렇게 생각한단 말이지? 좋아, 이유야 어쨌든, 놈이 조화설을 구해가고 신교의 제자들을 죽인 것만큼은 분명한 일. 그 일에 대한 것을 먼저 처리할 것이다."

"명을 내려주십시오, 사부님!"

"먼저 사영의 호교무장전 우승자에 대한 자격을 박탈한다는 걸 모든 종파에 알려라. 그리고 사람을 보내서 조화설을 데려오도록 하고, 놈에게 직접 내 앞으로 와서 해명을 하라고 하라."

"만약 놈이 오지 않겠다고 하면 어찌 해야 할런지요?"

"잊었느냐? 본좌의 명을 어긴 죄는 죽음뿐이니라."

기대했던 만큼 강력한 추궁은 아니었지만, 마지막 말은 마음에 들었다. 어쩌면 그게 실질적인 명령일지도 모른다는 느낌마저 들 정도로 묘한 목소리였다.

"알겠사옵니다, 사부님."

3.

사도무영은 안개 낀 계곡이 가까워지자 걸음을 늦추었다.

곡구까지의 거리는 십 리 정도. 언뜻 수라십이살이 계곡으로 들어가는 게 보였다. 수라곡에 거의 다 와서야 그들을 따라잡은 것이다.

그런데 그들을 바라보며 걸음을 옮기던 사도무영은 계곡이 가까워질수록 기이한 느낌이 들었다.

'무슨 일이지?'

사도무영이 안개 속을 바라보며 속도를 늦추자, 망혼진인이 힐끔 쳐다보았다.

"왜 그러냐?"

"저기가 수라곡으로 들어가는 입구입니다. 그런데…… 아무래도 느낌이 이상합니다."

바로 뒤까지 따라온 도담과 적도광의 표정이 굳어졌다.

"무슨 말씀이십니까?"

"아무래도 곡에 무슨 일이 생긴 것 같소. 일단 들어가 봅시다. 수라십이살도 방금 들어갔으니까."

사도무영은 조화설을 꼭 끌어안고 계곡을 향해 신형을 날렸다.

계곡으로 들어가자, 먼저 안으로 들어갔던 추강이 수라십이살과 함께 안개가 피어오르는 호숫가에 서 있는 게 보였다.

사도무영은 추강을 부르려다가 입을 다물었다.

호수까지는 삼십여 장 정도 되었는데, 뿌연 안개 사이로 괴이한 광경이 보였다. 눈뜨고 볼 수 없을 만큼 참혹한 광경이.

곧 망혼진인도 그 광경을 본 듯 흠칫한 표정을 지으며 눈을 크게 떴다.

"저게 어떻게 된 거냐?"

"엇?"

"맙소사……. 저게 어떻게 된 일……."

도담과 적도광의 입에서도 경악에 찬 목소리가 나직이 흘러나왔다.

안개가 피어나는 호수는 이전처럼 아름답지 않았다.

파랗던 물은 붉게 변해 있었고, 그 위에는 시신이 둥둥 떠 있었다.

시신이 떠 있는 호수에서 피어오르는 하얀 안개!

그것은 소름끼치는 광경이 아닐 수 없었다.

추강이 그들의 목소리를 듣고 홱 고개를 돌렸다. 그는 다가

오는 사람들이 사도무영과 수라단임을 알고 급히 달려왔다.

"오셨습니까, 령주!"

"어떻게 된 거요?"

추강이 이를 악물고 대답했다.

"청라지가…… 피로 물들었습니다."

이미 사도무영도 본 터였다. 중요한 것은 왜 그런 일이 벌어졌는가 하는 것이었다.

그러나 추강도 이제 막 도착했으니 물어도 알지 못할 것이었다.

사도무영은 연못으로 다가갔다.

추강이 뒤따라가며 자신의 생각을 말했다.

"죽은 사람들을 연못에 던진 것처럼 보입니다."

"얼마나 됩니까?"

"백 구 이상은 될 것 같습니다, 령주. 모두 본곡의 사람들입니다."

백 명이면 수라곡 무사 중 이 할에 해당하는 인원이다.

일전에 정천맹 오호단이 공격했을 때도 삼십여 명의 피해만 보지 않았던가. 대체 얼마나 큰 싸움이 벌어졌기에 그리 많은 사람이 죽은 것일까?

"싸움이 언제 벌어진 것 같습니까?"

"시신의 상태로 봐서 오래 된 것은 아닌 것 같습니다."

"상대에 대한 것은?"

"아직 알 수가 없습니다. 적의 시신이 없어서……."

청라지에 도착한 사도무영은 연못 주변을 둘러보았다.
멀리서 보던 것보다 더 참혹한 광경이었다.
물 위에 떠 있는 시신만 삼십여 구. 아래에 가라앉아 있는 시신은 그보다 훨씬 많았다. 그 시신들이 물 위로 떠오르지 못한 것은, 사지가 잘리고 배가 갈라졌기 때문이었다.
사도무영은 붉은 연못을 보며 묘한 기분이 들었다.
수라종파는 구천신교 아홉 종파 중 일파. 얼마 전만 해도 적이나 다름없던 곳이었다.
그런데 이상하게도 가슴 저 깊은 곳이 아리고, 분노가 스멀거리며 피어났다.
아직 죄를 저지르지도 않았는데 찾아와서 죽이다니. 죄를 지을 우려가 있다는 것만으로 이렇게 참혹하게 죽여도 된단 말인가.
자기들이 뭔데, 선악의 잣대를 들이대고 이들을 미리 죽인단 말인가.
'하다못해 조금만 더 참았어도 내가 이들 중 상당수의 마음을 돌릴 수 있었을지 모르는데…….'
그때 막도가 연못을 바라보며 욕을 퍼부었다.
"개새끼들! 이 사람들이 지들한테 뭘 잘못했는데 여기까지 찾아와서 개잡듯 사람들을 죽인 거야!"

다른 수라단원들도 같은 마음인 듯 씩씩거리며 연못을 쳐다보았다.

"씨벌 놈들! 우리가 밥을 달라고 했어, 고기를 달라고 했어? 왜 가만있는 사람들을 건드려?"

이전의 그들에게는 죽음이란 게 단순했다.

─힘이 없으면 죽어도 할 말이 없다.

─어차피 살다 보면 죽게 되어 있다. 그러니 조금 일찍 죽었다고 억울해 하지 마라.

─죽는다는 것은 다음 생을 위한 또 다른 시작일 뿐이다. 그러니 죽고, 죽이는 것을 두려워할 것 없다.

그것이 그들이 가진 죽음에 대한 생각이었으니까.

그럼에도 화를 내는 것은 그들의 마음에 변화가 생기고 있다는 뜻이었다.

아마 전이었다면, 연못에 가득한 시신을 보고 비웃었을지도 몰랐다.

'병신 같은 놈들!' 그렇게 소리치면서.

"어떻게 하실 생각이십니까?"

옆에서 추강이 물었다.

사도무영은 고개를 들고 무심한 목소리로 말했다.

"일단 수라곡 안으로 들어가 봅시다. 그곳까지 당했다면 이 정도로 끝나지 않았을 거요."

"알겠습니다, 령주."

추강이 즉시 백 장 절벽 위를 바라보고는 휘파람을 불었다.

휘이이익! 휘이이익! 휘이이익!

수라곡으로 들어가는 방법은 두 가지였다. 연못 너머의 동굴을 통하는 것과, 안개에 가려진 백 장 절벽 위로 올라가는 것.

연못 너머의 동굴은 상시 진이 설치되어 있어서 중요한 일이 아니면 이용하지 않았다.

대신 절벽 위에서 사다리가 달린 밧줄을 내리고, 그걸 이용해 곡을 오갔다.

추강이 휘파람을 분 것은 사다리가 달린 밧줄을 내려달라는 첫 번째 신호였다.

신호를 들었으면 곧 위에서 밧줄이 내려올 것이었다. 그러면 다시 밧줄을 세 번 당겨서 두 번째 신호를 보내고, 위에서 올라와도 좋다는 허락이 떨어진 후 올라가면 되었다.

하지만 오늘은 전과 상황이 달랐다.

신호를 보내고도 한참이 지났는데 위에서 밧줄이 내려오지 않았다.

조화설 때문에 마음이 급한 사도무영은 더 기다릴 수가 없었다.

"연못을 건너가서 동굴로 들어가야 할 것 같군요."

"하지만 그곳은 기문진이 펼쳐져 있어서……."

추강이 난감한 표정으로 말했다.

사도무영도 익히 알고 있는 사실이었다. 그러나 절벽 위의 상황이 다르듯이 연못 건너편의 상황도 달랐다.

안력을 집중시켜 연못 건너편을 주시하던 사도무영이 천천히 고개를 저었다.

"아무래도 기문진이 해제된 것 같군요. 저번에 보니까 물속에서 다리가 올라오던데, 기관이 설치되어 있습니까?"

추강은 종주의 호위를 책임진 사람. 당연히 수라곡의 모든 기관에 대해 알고 있어야 했다.

"알고 있습니다, 령주."

4.

사도무영은 조화설을 안은 채 망혼진인과 함께 연못을 건넜다.

동굴은 그의 예상대로 기문진이 해제된 채 입구가 노출된 상태였다.

기문진이 해제되었다는 것은 적이 안으로 침입했단 말. 사도무영은 무심한 표정으로 동굴을 바라보았다.

과연 무슨 일이 벌어진 것일까? 얼마나 더 많은 사람들이 죽은 걸까?

동굴 입구를 지키는 사람도 없었다. 이십 장 안쪽에서 인기

척도 느껴지지 않았다.

'어쩌면 최악의 경우가 벌어졌을지 모르겠군.'

그가 바라보는 사이, 도담과 적도광과 추강이 시신을 징검다리 삼아 연못을 건너왔다.

추강은 연못을 건너자마자 동굴 쪽으로 가서 기관을 움직였다.

곧 물속에 감추어져 있던 목교가 천천히 떠올랐다.

목교 끝은 건너편까지 이어져 있지 않고 오 장 정도 떨어져 있었다. 수라단과 수라십이살이 건너오기에는 충분한 거리였다.

사도무영은 그들이 모두 건너온 다음에야 동굴 안으로 걸음을 옮겼다.

추강이 앞으로 나섰다. 그는 동굴 한쪽에서 횃불을 찾아내고는 불을 붙였다.

"제가 앞장서겠습니다."

동굴을 따라 이십여 장을 들어가자 시신이 보이기 시작했다.

처음에는 간간이 한두 구씩 보였다. 그러나 깊이 들어갈수록 시신의 숫자가 많아지더니, 오십여 장을 들어가자 발에 거치적거릴 정도가 되었다.

추강의 발걸음이 멈춘 것은 동굴을 반쯤 통과했을 때였다.

그곳에는 삼 장 넓이에 깊이가 오 장 정도 되는 함정이 파여 있었다. 함정의 앞뒤로는 쇠창살이 반쯤 내려와 있고, 천장과 함정의 바닥에 박혀 있는 창날은 시뻘겋게 피로 물들어 있었다.

"놈들도 여기서 피해가 많았나 봅니다."

추강이 함정 안을 살피며 말했다.

함정 안에는 핏덩이가 흥건했다. 시신은 적이 챙겨갔는지 끌어 올린 흔적만 남아 있었다.

문제는 함정 건너편의 쇠창살이 반쯤 내려온 채 멈춰 있다는 것이었다.

그걸 본 사람들의 표정이 침중하게 굳어졌다.

적이 물러가지 않고 안으로 들어갔다. 동료들의 주검을 뒤로 한 채.

살기가 극에 달해 있었을 터…….

사람들은 입을 꾹 다물고 빠르게 동굴을 통과했다. 시신은 동굴을 다 통과할 때까지 이어졌다.

그렇게 얼마를 갔을까. 제일 앞장서서 동굴을 나선 적도광이 나직한 신음을 흘렸다.

"으음……."

뒤따라 동굴을 나선 사람들은 수라곡을 바라보며 굳어버렸다. 입조차 굳어버렸는지 한마디 하는 사람도 없었다.

드넓은 수라곡 곳곳이 붉게 물든 채, 비릿한 혈향만이 바람을 타고 흐른다.

시간이 멈춰버린 듯 움직이는 사람이 어디에도 없다.

시산혈해(屍山血海).

지금의 수라곡이 딱 그러했다.

"안으로 들어가 봅시다."

사도무영의 입에서 나직한 목소리가 흘러나왔다. 아무런 감정도 느껴지지 않는 목소리였다.

사람들은 그의 말이 떨어지자, 이를 악문 채 안으로 걸음을 옮겼다.

수라곡에는 총 칠백여 명이 거주했다. 현천교로 간 육십구 명을 뺀다 해도 육백수십 명에 달했다.

밖에 백여 명, 동굴에 백 수십 명, 그들을 뺀 사백 수십 명이 수라곡 안에 남아 있었을 것이다.

건물이 있는 곳으로 가는 동안 또다시 백 수십 구의 시신을 지나쳤다. 개중에는 어린아이로 보이는 시신도 있었다.

"살아있는 사람이 있는지 찾아보시오."

사도무영의 명이 떨어지자, 도담과 수라십이살, 수라단원들이 사방으로 흩어졌다.

그 많은 사람이 연락을 취할 새도 없이 죽었다는 건 그만큼 철저한 계획 하에 저질러진 일이라는 말.

하긴 입구를 완벽히 틀어막기만 해도 빠져나갈 길이 없었을 것이다. 어쩌면 청라지에 던져진 시신들이 빠져나가려다 죽은 사람들일지 모른다는 생각이 들었다.
 '대체 누가 이런 일을 저질렀단 말인가?'
 사도무영은 조화설을 안은 채 망혼진인과 함께 수라전으로 갔다.
 완전히 부서진 건물도 많았지만, 그럭저럭 사람이 살 수 있을 만큼 양호한 건물도 서너 채는 되었다. 수라전은 반파된 상태로, 일곱 개의 방 중 세 개 정도는 거의 피해가 없었다.
 그게 이상한지 망혼도인이 고개를 갸웃거리며 말했다.
 "이상하네. 건물을 왜 그대로 놔뒀지?"
 삭초제근(削草除根).
 풀은 뿌리까지 뽑아버려야 다시 살아나기가 어려운 법. 해서 적을 치면 근거지를 없애기 위해 곧잘 불을 지른다. 그런데 적은 그렇게 하지를 않았다.
 사도무영은 수라전 안으로 들어가며 눈을 가늘게 좁혔다.
 '자신들의 침입 사실이 외부에 알려질까 봐 불을 지르지 않은 것인가?'
 그럴 가능성이 컸다. 낮에 불을 질렀다면 연기가 안개를 뚫고 솟구쳤을 것이고, 밤에 질렀다면 불빛이 멀리서도 보였을 것이다.
 만일 그러한 것까지 참작해서 행동을 했다면, 소름이 끼치도록 냉정한 자들이 아닐 수 없었다.

사도무영이 조화설을 침상에 눕히자, 망혼진인이 다가가 그녀의 상태를 살펴보았다.

약하긴 해도 맥이 고르게 뛰었다. 수라곡까지 오는 동안 진기로 계속 몸을 보호해서인지, 더 이상 악화되지는 않은 듯했다.

"경명단이라도 있었기에 망정이지 정말 큰일 날 뻔했다."

망혼진인이 조화설의 팔목을 놓으며 말했다.

사도무영은 안도하며 조화설을 내려다보았다.

'잠시 나갔다 올게요. 조금만 기다려요.'

그는 고개를 들고 망혼진인에게 말했다.

"사부님은 이곳에 계십시오. 제가 나가서 상황을 정리하고 오겠습니다."

"알았다. 걱정 말고 다녀오너라."

사도무영은 수라전 앞쪽의 광장으로 나갔다.

그가 모습을 보이자, 사방으로 흩어졌던 사람들이 하나 둘 모여들었다.

추강이 굳은 얼굴로 고개를 저었다.

"령주, 북쪽의 건물에는 살아있는 사람이 아무도 없습니다."

"동쪽도 없습니다."

"남쪽도……."

수라십이살이 이를 악문 채 보고를 올렸다. 죽음에 대해서 크게 마음 쓰지 않는 그들조차 분노로 인해 눈이 벌겋게 충혈되어 있었다.

도담이 오더니 돌처럼 변한 얼굴로 말했다.

"아무래도 살아있는 사람은 모두 찾아서 죽인 것 같습니다. 건물 안에도 시신이 많습니다."

적도광은 차마 말이 나오지 않는지 고개만 끄덕이고, 수라단원들은 벌건 얼굴로 욕설만 퍼부었다.

"개새끼들……."

"찢어죽일 놈들. 왜 여자와 아이들까지 죽여……."

사도무영은 속에서 끓어오르는 분노를 누르고 하늘을 올려다봤다.

'그래야 했을 정도로 이들이 잘못했습니까? 어린아이들과 힘없는 여자들은 무슨 죄입니까? 부모를 잘못 만난 죄입니까?'

그때 저 멀리 광마각 쪽에서 적소연이 달려오며 소리쳤다.

"령, 주, 님!"

적도광이 슬쩍 사도무영을 보고는 대신 대답했다.

"소연아, 무슨 일이냐?"

적소연의 목소리가 메아리쳤다.

"지하에…… 온천이 있는 곳에…… 여자와…… 애들이 있어요!"

사람들의 시선이 일제히 적소연을 향해 돌아갔다.

"뭐야! 여자와 아이들이?"

"예, 오빠!"

워낙 외진 곳에 있다 보니 사람들이 가지 않는 곳이었다. 게다가 수라단마저 없으니 텅 빈 집이나 마찬가지였다.

금방이라도 허물어질 것처럼 보이는 허름한 건물, 사람이 살지 않는 곳.

그것만으로도 소홀히 지나칠 수밖에 없는데, 그런 건물 지하에 귀한 온천이 있을 거라고는 생각조차 못했을 것이다.

"가 봅시다!"

사도무영은 희망을 품고 신형을 날렸다.

뒤따라가는 사람들의 얼굴도 조금 전보다 훨씬 밝아졌다.

제10장
세상으로

1.

아이들은 지하에서 나와 있었다.

공포에 질린 아이. 악에 바친 표정으로 분노를 씹는 아이. 우느라 정신이 없는 아이. 넋이 반쯤 빠진 채 허공만 쳐다보는 아이.

나이는 대여섯 살에서 열두어 살까지. 모두 스물두 명이었다. 여자는 다섯 명이었는데, 그녀들은 공포에 질려 있으면서도 아이들을 달래느라 정신없었다.

사도무영이 일행과 함께 안으로 들어가자 여자와 아이들이 일제히 쳐다보았다.

가슴을 적시는 묘한 감동. 눈 가장자리가 시큰거린다.

우뚝 선 사도무영은 입이 바로 벌어지지 않았다.

적소연이 앞으로 나서더니 여인들을 향해 말했다.

"이분은 광마각의 주인이며, 현재 수라령의 주인이신 사영이라는 분이에요."

나이가 제법 들어 보이는 여인이 아이를 놓고 일어서더니, 곧장 엎드리며 오체투지에 가까운 예를 취했다.

"미향(味鄕) 삼소(三所) 소장인 난요가 수라령주를 뵙습니다."

나머지 여인들과 아이들도 급히 그녀를 따라 엎드렸다.

갑작스런 상황에 사도무영은 당황한 표정을 지으며 손을 저었다.

"지금은 예를 따질 때가 아니니 어서 일어나시오."

난요와 여인, 아이들이 몸을 일으키고는 사도무영을 바라보았다.

도담이 나서서 상황을 정리했다.

"당신들은 일단 아이들과 함께 저쪽 방으로 가 있고, 난 소장만 남으시오."

적소연이 손짓을 했다.

"나를 따라와요."

난요만 남겨놓은 채 여인들은 아이들과 함께 적소연을 따라갔다.

그제야 사도무영은 의자에 앉아서 난요에게 물었다.

"어떻게 된 건지 말해 보시오."

난요의 눈빛에 일순간 공포와 분노가 교차했다.

그녀는 숨을 두어 번 몰아쉬어서 마음을 진정시키고는 천천히 입을 열었다.

"아침을 먹기 전이었습니다. 저희들이 음식을 장만하고 있는데, 동굴 입구 쪽에서 경고를 알리는 북이 울렸습니다. 곧바로 삼당의 무사 백여 명이 동굴 쪽으로 달려갔는데……."

그들이 출동한 지 얼마 지나지 않아서 경고가 비상 상황으로 바뀌었다.

당시 종주를 대신해 수라곡을 다스리던 대장로 군평산은 대경해서 급히 곡내의 모든 고수들을 소집시키고는, 즉시 동굴 쪽으로 보냈다.

급박한 소식이 전해진 것은 반시진쯤 지났을 때였다.

동굴의 마지막 저지선이라 할 수 있는 함정을 적들이 넘어섰다는 것이었다.

난요는 적들이 함정을 넘어섰다는 말에 불안감을 떨칠 수 없었다.

그녀는 즉시 휘하의 여인들을 불러서 근처에 사는 아이들을 모았다. 남자고 여자고, 도검을 다룰 줄 아는 사람들은 모조리 동굴 쪽으로 달려간 상태. 아이들은 대부분이 혼자였다.

그녀는 급히 모은 아이들을 외진 곳에 있는 광마각으로 데려갔다.

팔 년 동안이나 광마각에 음식을 배달하는 임무를 맡은 그녀기에, 금방 부서질 것처럼 허름한 그 건물의 지하에 온천이 있다는 것을 알고 있었던 것이다.

미향 삼소의 여인들과 아이들이 막 광마각에 도착할 무렵, 정체불명의 무사들이 수라곡 안으로 쏟아져 들어왔다.

그리고 곧 사방에서 고함과 비명이 터져 나왔다.

난요는 아이들을 지하로 내려 보내고 최대한 주위의 흔적을 지웠다. 그리고 밖으로 나가서 수라곡이 지옥으로 변하는 광경을 지켜보았다.

"적은 모두 백 명쯤 되어 보였습니다. 그들은 이상할 정도로 말 한마디 하지 않고 교도들만 사냥했습니다."

그랬다. 그것은 싸움이 아니었다. 사냥일 뿐.

침묵 속의 사냥.

난요는 전날의 상황을 떠올리며 몸을 떨었다.

"놈들은 죽어가는 사람도 그냥 놔두지 않고 확실하게 숨통을 끊었습니다. 확인사살을 한 것이지요. 그리고는 사방을 뒤져서, 생존자가 보이면 인정사정없이 죽였습니다. 여자도…… 예외가 없었습니다. 무공이 강하건 약하건……. 심지어 노파와 아이들까지……."

그녀는 더 이상 지켜보지 못하고 급히 광마각 지하로 들어갔다. 적이 그녀가 있는 곳으로 다가오고 있었던 것이다.

다행히 적들은 그녀가 숨어 있는 곳을 발견하지 못하고 건물이 밀집한 곳으로 다시 돌아갔다.

 하지만 그녀는 바로 나오지 않고 이틀을 더 지하에서 보낼 작정이었다. 그리고 적이 물러갔다는 확신이 섰을 때 그곳을 나올 생각이었다. 그런데 적소연이 들어와서 누구 없냐고 소리치는 바람에 문을 열지 않을 수 없었다.

 사도무영은 난요의 말에 이를 악물었다.

 참으로 악독한 짓이었다.

 죽음을 단순하게 생각하는 수라종파 교도들조차 아이와 힘없는 여자는 함부로 죽이지 않는다. 그런데 어떤 자들이 그리도 악독한 짓을 했단 말인가.

 사도무영이 차갑게 가라앉은 목소리로 물었다.

 "어떤 놈들인지 알겠소?"

 난요는 고개를 저었다.

 수라곡 안에서만 산 그녀였다. 더구나 적들은 정체를 숨길 목적이었는지 모두가 평범한 복장이었다. 그녀로선 짐작도 할 수가 없었다.

 한데 고개를 젓던 그녀가 멈칫했다.

 "아, 한 가지 이상한 점이 있었습니다. 적은 하나의 세력이 아닌 것처럼 보였습니다."

 "그렇게 생각한 이유가 있을 것 같은데."

 "적들끼리도 서로 거리를 두는 게 확연히 눈에 띄었습니다. 예를 들어서, 한쪽 세력이 여자와 아이들을 죽이면, 한쪽 세력은 그게 못마땅한지 불만을 터트리며 그들과 거리를 두곤 했습니다. 그래도 말리지는 않았지만……."

'두 곳 이상의 세력이라…….'

적의 정체조차 정확히 모른다는 게 답답했지만, 아무것도 모르는 것보다는 나았다.

사도무영은 의자에서 일어났다. 시신을 그대로 놔둘 수는 없는 일이었다.

"적 형과 추 대주는 수하들과 함께 시신을 정리해 주십시오. 그리고 도 형은 곡내 건물을 둘러보고 어떠한 것들이 없어졌는지 조사해 보십시오. 없어진 물건이 강호에 나올지도 모르니까."

도담은 사도무영의 말이 뜻하는 바를 바로 알아듣고 고개를 끄덕였다.

"알겠습니다."

2.

사도무영은 일단 수라전으로 돌아왔다.

조화설 옆에는 망혼진인이 찰싹 달라붙어 있었다.

"좀 어떻습니까?"

"경명단을 한 알 더 먹였다. 약하긴 하지만, 이제 기가 고르게 흐르니 너무 걱정 마라."

안도한 사도무영은 조화설을 망혼진인에게 조금 더 맡기고, 반쯤 부서진 감교악의 방으로 들어갔다.

감교악의 방은 폐허나 다름없었다. 적들이 어찌나 세밀하게 뒤졌는지 값나가는 것은 모조리 사라지고, 그나마도 깨지고, 찢기고, 부서져서 성한 물건이 하나도 없었다.

사도무영은 침상 쪽으로 걸어갔다.

침상 위는 엉망이었지만, 벽에 고정된 몸체는 그대로였다. 수라전에 불을 지르지 않은 것도 다행이었고, 침상을 그대로 둔 것도 다행이었다. 적에게는 불행이었지만.

그는 침상 밑으로 손을 넣어 좌우로 쓸어 보았다. 손가락에 고리 하나가 걸렸다.

그가 고리를 잡아당기자, 미세한 소음이 벽 안에서 들렸다. 고정 장치가 풀리는 소리였다.

끼리릭.

그는 '턱' 소리가 난 후에야 침상을 끌어당겼다. 고정 장치가 풀린 침상은 큰 힘을 주지 않았는데도 쉽게 끌려나왔다.

침상이 치워지자, 침상의 머리 쪽 벽면에 두 개의 작은 고리가 보였다.

그는 두 개의 고리 중 왼쪽 것을 먼저 당겨 보았다.

가로세로 한 자 크기의 서랍이 천천히 밖으로 빠져나왔다. 감교악의 비밀서랍이었다.

서랍이 두 자 가량 빠져나오자 안에 든 물건이 모두 드러났다. 서랍 안에는 세 가지 물건이 들어 있었다.

길이 한 자 정도의 소도 한 자루. 은색비단으로 만들어진 작은 주머니. 그리고 옥으로 만들어진 함이 하나 들어 있었다.

그는 다른 것은 놔둔 채 옥으로 만들어진 함을 집어 들었다. 감교악이 말한 대로라면, 그 안에 수라마단의 해독단이 들어 있어야 했다.

딸깍.

함이 열리자 가지런히 들어 있는 단환이 보였다. 모두 스무 개였다.

사도무영은 옥함을 한쪽에 놓고 나머지 물건도 살펴보았다.

소도는 한 자 정도 되었는데, 도집과 손잡이에 박힌 보석만 해도 상당한 가치를 지닌 듯했다. 하지만 소도의 진짜 가치는 도신에 있었다.

그는 천천히 도를 뽑아 보았다.

너무도 하얘서 눈으로 만든 것처럼 보이는 도신이 모습을 드러냈다.

"후우, 굉장한 도군."

그는 소도를 품 안쪽에 찔러 넣고 주머니를 열어 보았다.

파랗고 붉은 보석이 반 주먹쯤 들어 있었다.

그것 역시 품속에 집어넣었다. 감교악이 죽어가며 남긴 선물이었다. 마다할 생각은 없었다. 나가면 해야 할 일이 많으니까.

그는 오른쪽의 서랍도 열어 보았다.

세 권의 책이 들어 있었다. 감교악의 일지였다.

겉장을 펼치자 분노가 그대로 느껴지는 글이 눈에 들어왔다.

감교악에게 어느 정도 듣긴 했지만, 일지에는 그 사정이 보다 자세히 적혀 있었다.

그는 일지를 빠르게 읽어 보고는, 두 손 사이에 넣고 비볐다.

당사자가 죽었으니 더 남아 있을 이유가 없었다. 그리고 그 안에는 도담이 봐선 안 될 것까지 있었다.

사도무영은 감교악의 일지를 가루로 만들고 쓴웃음을 지었다.

'때론 진실을 모르는 게 나을 때도 있지.'

방으로 돌아가자, 조화설이 정신을 차리고 사도무영을 맞이했다.

"어? 정신이 들었어요?"

조화설은 희미하게 웃으며 보일 듯 말 듯 고개를 끄덕였다.

사도무영은 침상 곁에 바짝 붙어 앉아서 조화설의 하얀 손을 쥐었다.

묵천곡에서 어떻게 지냈는지, 현유라는 놈이 힘들게 하지는 않았는지, 아픈 적은 없었는지…….

하고 싶은 말이 가슴 속에 일천 장 높이로 쌓인 그이거늘, 그 말을 어떻게 꺼내야 할지 쉽게 입이 열리지 않았다.

그래도 기분은 좋았다. 내 앞에 있지 않은가 말이다.

"사부님, 좀 어때요?"

"경명단을 한 알 더 복용시켰다. 내일이면 걸어 다니는 것 정도는 괜찮을 게다."

"고맙습니다, 사부님."

사도무영이 눈물이라도 흘릴 것 같은 표정으로 쳐다보자 망혼진인이 핀잔을 주었다.

"그놈, 지 목숨 살려줬을 때는 눈을 부라리고 쳐다보더니……."

"그거야 그만큼 고생했잖아요. 그리고 이제와 말인데요, 구화산에서 수련할 때 사부님 많이 보고 싶었습니다."

"정말…… 이냐?"

째려보며 넌지시 되묻는 망혼진인의 두 눈에 기쁨이 일렁였다.

"이제나 저제나 서쪽을 바라보며 돌아오실 날만 기다렸다니까요. 조사님이 삐치셔서 대답도 하지 않으니 더 보고 싶지 뭡니까?"

"허허, 그랬……."

머쓱한 표정으로 웃던 망혼진인이 고개를 갸웃거렸다.

"응? 조사님이라니? 무슨 말이냐?"

"아차, 제가 미처 말씀드리지 못했군요."

사도무영은 무천진인이 어떻게 자신의 의념 속에 존재하게 되었는지 설명해 주었다.

"……그런데 그 후부터 대답이 없지 뭡니까."

망혼진인은 입을 반쯤 벌린 채 사도무영을 쳐다보았다.

믿을 수 없는 일이었다. 하지만 믿지 않을 수도 없었다.

무천진인이 누군가. 인간의 한계를 넘어 영통지경(靈通之境)에 도달한 분이 아니시던가.

"그러니까, 회천수혼에 깃들어 있던 조사님의 령이 네 의념 속으로 옮겨졌다, 그 말이냐?"

"예."

"너의 몸을 차지해서 마음대로 하려고?"

"그러시려고 했다더군요."

"아니, 이 양반이 노망들었나? 어린 제자를 도와주지는 못할망정, 왜 앞날을 망치려고 들어?"

망혼진인이 갑자기 발끈했다. 얼굴까지 벌게진 걸 보니 단단히 화가 난 듯했다.

사도무영은 설마 망혼진인이 이렇게까지 나올 줄은 몰랐기에 눈을 동그랗게 떴다.

"저 사부님……. 조사님도 나름대로 생각이 있으셨으니까……."

"생각은 무슨! 그게 말이 된다고 생각하냐? 령을 남기실 정도로 도통하신 분이 왜 그 정도 생각도 못해?"

망혼진인은 손가락질까지 하며 버럭버럭 소리쳤다.

사도무영은 그런 사부가 한없이 고마웠다. 사문의 조사와 한판 붙는 한이 있어도 제자를 보호하겠다는 투가 아닌가 말이다.

하지만 지나치면 아니함만 못했다. 무천진인이 들었다면, 그러잖아도 구석으로 숨어서 나오지 않는데 영원히 안 나올지 몰랐다.

"조사님도 이제는 제 뜻에 따라주신다고 했으니까 진정하세요, 사부님."

"정말이지?"

"예."

"킁, 나 원, 세상의 모든 것을 초탈해서 등선하신 분이 어째 어린 제자만도 못해?"

사도무영은 빙그레 웃으며 다시 조화설을 향해 고개를 돌렸다. 언뜻 뒷머리 한쪽이 뜨끈뜨끈해지는 기분이 들었다.

'응? 혹시?'

하필이면 그때 적도광이 찾아왔다.

"령주님, 시신들을 모두 모았습니다."

의문은 나중에 확인해 봐도 될 일. 일단은 눈앞의 일을 먼저 해결해야 했다.

사도무영은 조화설의 섬섬옥수를 자신의 넓은 손바닥 위에 올려놓고 다른 손바닥으로 덮었다.
"잠깐 일 좀 처리하고 올게요."

3.

시신이 어찌나 많은지 수백 평이 온통 시신으로 가득 찼다.
사도무영은 그 시신 중 수라종파의 주요 인물들을 유심히 살펴보았다.
"대장로 군평산 어른입니다."
추강이 한 노인의 시신을 가리키며 말했다.
군평산은 가슴이 뻥 뚫려 있었는데, 상흔 근처의 옷은 갈라진 게 아니라 가루로 변해 사라진 상태였다.
사도무영은 뚫린 군평산의 가슴을 뚫어지게 바라보며 무심한 어조로 말했다.
"극고의 강기에 당했군."
군평산만이 아니었다. 이십여 명의 수라종파 주요 인물들이 강기에 당한 상태였다. 그것도 초보적인 강기가 아니라 완벽에 가깝게 시전 된 강기였다. 게다가 당한 상태가 조금씩 달랐다.
절정의 경지에 이르지 못하면 흉내조차 내지 못하는 강기를, 아무렇지도 않게 펼치는 사람이 한둘이 아니라는 말.

하지만 사도무영은 그러한 것보다 다른 이유로 마음이 더 무겁게 가라앉았다.

그가 질문을 던졌다.

"그들이 왜 굳이 공력 소모가 많은 강기를 펼쳐서 이들을 죽였다고 보시오?"

미처 생각지 못했는지 적도광도, 추강도 바로 대답을 하지 못했다. 그때 건물 내부를 조사하러 갔던 도담이 다가오며 말했다.

"최소한 자신들의 무공을 자랑하려고 강기공을 펼친 것은 아닐 겁니다."

적도광도 뭔가가 떠올랐는지 한마디 했다.

"그러고 보니, 죽은 사람들 대부분이 단순한 무공에 당했습니다."

사도무영은 고개를 끄덕이고 나직이 말했다.

"자신들의 무공이 드러나서 안 된다면, 그게 가장 확실한 방법이었겠지요."

도담이 미간을 좁히고 사도무영을 바라보았다.

"무공을 숨길 이유가 있겠습니까?"

"숨겨야 할 것이 더 있다면 충분히 그럴 수 있는 일 아니겠습니까?"

"숨겨야 할 것이 더 있다?"

"정체가 드러나면 곤란해지는 일이라도 있나 보지요."

사도무영은 입술을 거의 벌리지 않고 무심한 어조로 말했다. 그러고는 적도광과 추강을 향해 고개를 돌렸다.

"모든 사람을 그렇게 죽일 수는 없었을 것이오. 이제부터 시신의 상흔을 살펴보되 강력한 기운에 의한 것이 아닌, 초식의 특성이 나타난 상흔을 찾아보시오. 아마 적들 중 공력이 상대적으로 약한 자들이 무의식중에 자신들의 비전무공을 드러냈을 것이오. 그러니 교도들 중 강하지도 않고, 약하지도 않은, 어중간한 실력을 지닌 사람들의 상흔을 중점적으로 살펴보면 뭔가가 있을 것이오."

"예, 령주!"

사도무영은 수라단과 수라십이살이 시신을 살펴보러 가자 도담을 바라보았다.

"어떻습니까?"

"서각의 책 중 지하서고에 있던 무서들 대부분이 없어졌습니다. 그리고 약향 지하에 보관 중이던 약재와 독 역시……."

없어진 것은 그것만이 아니었다. 간부들이 소유한 값나가는 물건들도 전리품으로 챙겨갔다.

사도무영은 그중에서도 귀한 약재가 모두 없어진 것이 가장 아까웠다. 조화설을 위해 쓸 수 있는 약이 있을지도 모르거늘.

하지만 부서진 건물과 뒤진 흔적을 보고 어느 정도는 예상했던 일. 그는 곧 아쉬움을 털어냈다.

"어쩔 수 없지요. 어차피 그대로 두고 갔을 거라고는 생각지 않았으니까."

"너무 실망하지는 마십시오, 령주. 놈들도 한곳은 미처 손대지 못했습니다."

"그래요? 어딥니까?"

"놈들이 금향의 지하에 있는 금고를 놔두고 갔습니다."

"금고를 발견하지 못한 겁니까?"

"아닙니다. 금고를 발견하고 안에 들어있던 것은 모두 가져갔습니다."

"그럼 뭐가 남았단 말이죠?"

도담이 담담한 표정으로 말했다.

"금고 자체가 남은 거지요."

"난 또……."

사도무영은 쓴웃음을 지었다. 도담이 무거운 분위기를 풀기 위해 농담을 건넨 거라 생각한 것이다.

그러나 도담은 농담하는 것이 아니었다.

"금고의 벽면은 모두 황금으로 되어 있습니다. 겉에다 석판을 붙여 놓아서 단순한 석벽처럼 보일 뿐이지요. 오래전, 선조들이 황군에 쫓겨 이곳으로 들어올 때, 모아둔 재산을 황금으로 바꿔서 가져온 거라고 하는데, 다 떼어내면 양이 상당할 겁니다."

아무리 냉정한 사도무영이라도 그 말에는 놀라지 않을 수 없었다.

 벽면이 황금으로 되어 있다면, 아무리 얇다고 해도 수십 관은 족히 될 터였다.

 '어머니가 들었으면 좋아서 기절할 이야기군.'

 교교는 팔짝팔짝 뛰며 좋아할 것이고.

 그러나 사도무영은 놀라긴 했어도 기절하거나, 팔짝팔짝 뛰며 좋아하지는 않았다.

 물론 싫지도 않았지만. 황금이 많으면 어떤 적과 싸우게 되도 그만큼 유리해질 테니까.

 반 시진이 지나자 수라단과 수라십이살이 십여 구의 시신을 골라서 들고 왔다.

 사도무영은 망혼진인을 불렀다.

 상흔을 보고 무공을 알아내려면 강호에 산재한 무공을 최대한 많이 알아야 했다.

 자신 역시 천보장에서 상당히 많은 무공에 대해서 듣고 봤지만, 망혼진인보다는 못했다.

 사도무영은 망혼진인과 함께 시신에 난 상흔을 자세히 살펴보았다. 하지만 십여 구를 다 살펴보도록 확실하게 밝혀진 무공이 하나도 없었다.

 한데 망혼진인은 오히려 그것이 이상한 듯했다.

 "거 이상하네. 내가 이렇게 강호의 무공에 대해서 몰랐나?

무영아, 너는 알아볼 만한 것이 있느냐?"

"저도 모르겠습니다, 사부님."

다른 사람들은 두 사람만한 견문도 없으니, 그저 지켜볼 뿐이었다. 그 와중에 적소연이 고개를 삐죽 내밀고 말했다.

"하늘에서 뚝 떨어진 사람들이 쳐들어오지는 않았을 거 아니에요?"

미간을 찌푸리고 있던 사도무영의 얼굴이 서서히 펴졌다.

"그렇군. 그럴 수도 있겠어."

"예?"

적소연의 눈이 동그랗게 커졌다. 그냥 해본 말인데 사도무영이 너무 심각하게 반응하는 것처럼 보인 것이다.

하지만 사도무영은 가볍게 생각하고 말한 것이 아니었다.

"강호에 많이 알려지지 않은 문파의 무공이라면 저나 사부님이 알아보지 못했을 수도 있지요."

그러한 곳 중 수라종파를 하루아침에 쓸어버릴 수 있는 곳은 드넓은 천하를 다 뒤져도 서너 곳밖에 없었다.

상흔은 이미 머릿속에 새겨진 상태. 사도무영은 더 이상 상흔에 신경 쓰지 않고 적도광과 추강에게 명령을 내렸다.

"건물 안에서 쓸 만한 물건은 다 꺼내고, 시신을 안으로 옮기시오."

부서진 건물에서 거센 불길이 솟구쳤다.

불길이 집어삼킨 건물 안에는 수십 구의 시신이 반듯하게 놓여 있었다.

매장하기에는 시신이 너무 많았다. 한 곳에 수십 구씩 묻는다 해도 구덩이를 스무 개는 파야 하는데, 그러느니 화장을 하는 게 나았다.

시간이 지나면서 건물 전체가 불길에 휩싸이자, 시신이 타면서 역한 노린내가 났다.

하지만 지켜보는 누구도 인상을 찡그리지 않았다.

"이, 씨발! 잘도 탄다! 날도 추워지는데 뜨끈뜨끈하겠네 뭐!"

"그래도 함께 가니까 심심하지는 않겠네. 잘들 가쇼!"

"조금만 기다리라고! 곧 그놈들도 보내줄 테니까!"

수라단원들이 짐짓 너스레를 떨며 소리쳤다.

언뜻 그들의 눈가에 물기가 보였다.

동료들의 죽음에 대한 슬픔 때문인지, 아니면 연기 때문에 매워서 나오는 눈물인지 그것은 그들만이 알 것이었다.

와르르르!

건물이 무너지면서 불덩이가 하늘로 치솟았다.

사람들은 타오르는 건물을 향해 절하며, 수라곡을 떠나는 영혼에게 마지막 예를 올렸다. 수라단원들도 그때만큼은 예외가 아니었다.

4.

 건물이 타는 동안 사람들은 떠날 준비를 마쳤다.
 더 이상 수라곡은 안전지대가 아니었다. 수라곡을 친 자들이 또 올지도 모르고, 구천신교에서도 지금쯤 어떤 식으로든 조치가 취해졌을 터. 더 늦기 전에 떠나야 했다.
 하지만 떠날 때 떠나더라도 그 전에 해야 할 일이 하나 있었다.
 사람들이 모이자 사도무영이 물었다.
 "나를 따라가면, 이후로 구천신교와 적이 될지도 모르오. 그러니 신교로 가고 싶은 사람은 가도 좋소."
 도담과 수라단원들이야 어차피 구천신교를 떠나 자신을 따르기로 한 터였다.
 그러나 수라십이살과, 남요를 비롯한 여인들과 아이들 중에선 신교로 가고 싶은 사람이 있을지 몰랐다. 평생을 그들의 그늘 아래서 살아왔으니까.
 추강만 해도 망설이는 빛을 보였다.
 사도무영을 수라령주로서 따르는 것과, 구천신교와 적이 되는 것은 다른 문제였다.
 잠시 망설이던 그가 이를 악물고 말했다.
 "수라의 형제로서 령주를 따르겠다고 맹세했습니다. 상황이 어떻게 흘러도 맹세는 지켜질 것입니다. 다만 한 가지, 수라곡 형제들의 원한을 갚는 일에 도움을 주겠다는 약속을 해 주셨으면 합니다."

"내가 할 수 있는 데까지 도와주겠소."

추강은 숨을 천천히 들이쉬며 뒤를 돌아다보았다.

"난요, 당신은 어떻게 할 거요?"

난요의 눈빛이 흔들렸다. 그녀는 현재 여인과 아이들의 대표나 다름없었다. 자신의 말 한마디에 여인과 아이들의 운명이 결정되는 상황. 신중할 수밖에 없었다.

"솔직히 혼란스럽습니다. 알지도 못하는 신교를 찾아가는 것도 쉬운 일이 아니고, 령주님과 대주님이 신교와 적이 된다면, 신교에 간다 해도 박대 받을 것 같고……. 차라리 당분간 다른 곳에 머무는 게 어떨까 합니다만."

다른 곳?

사도무영은 문득 한 곳이 떠올랐다. 그곳이라면 여인과 아이들을 반길 것이었다. 이들도 갑자기 세상으로 나가는 것보다 그곳이 더 편할 것이고.

"그럼 일단 우리와 함께 갑시다. 그대들을 환영할만한 곳이 한 곳 있소. 만일 신교의 사람들이 찾아와서 추궁하거든, 신교의 위치를 몰라서 일단 그곳으로 피신했다고 하시오."

결정이 내려지자, 사람들은 불을 붙이기 전 건물에서 꺼낸 물건을 보따리에 싸서 등에 졌다.

금향의 지하 금고에서도 벽면을 뜯어 황금을 꺼냈는데, 예상보다 양이 엄청나서, 열 사람이 나누어서 들고 가기로 했다.

망혼진인도 금덩이 중 작은 것을 하나 보자기에 싸더니 등에 꽁꽁 잡아맸다.

'클클, 다섯 관은 되겠어. 이거면 도관을 크게 지을 수 있겠는데?'

모든 준비가 끝난 듯하자, 사도무영은 조화설을 업었다. 이년 칠 개월 전의 그날 그때처럼.

조화설은 넓은 등에 얼굴을 기대고, 손가락으로 사도무영의 목덜미 부근을 슬며시 더듬었다.

현천수호령주가 느껴졌다.

그녀는 눈을 지그시 감고 입가에 웃음을 지었다. 생각해 보면 정말 잘한 선택이었다.

'어쩌면 운명이었을지도……'

굳이 출발을 알릴 것도 없었다. 사도무영이 걸음을 옮기자 망혼진인이 종종걸음으로 따라가고, 수라곡 사람들도 일제히 움직였다.

도담, 수라단, 수라십이살, 다섯 명의 여인과 스물두 명의 아이들.

여인과 아이들은 자꾸만 뒤를 돌아다봤다.

고향을 떠난다는 것, 다시는 돌아올 수 없을지도 모른다는 것, 그것은 누구에게든 가슴 아픈 일이었다.

수라단과 수라십이살도 예외가 아니었다. 여자와 아이들처럼 뒤를 돌아보지는 않았지만, 이를 악물고 걸음을 옮기는 그들의 가슴에선 귀향의 열망이 타오르고 있었다.

―언젠가는 돌아올 것이다! 우리를 떠나게 만든 자들의 피로 물든 대지를 밟고서!

5.

"저 새끼들은 뭐지?"

장막심은 바위 뒤에 몸을 숨긴 채, 계곡 아래쪽에서 은밀하게 이동하는 자들을 보고 눈살을 찌푸렸다.

오십여 명쯤?

모두 무사들이다. 게다가 하나하나 약한 자가 없고, 그들에게서 흘러나오는 살기가 백여 장 떨어진 곳에서도 느껴질 정도다.

양류한도 눈을 가늘게 좁히고 나직이 말했다.

"수상한 자들인데요?"

"구천신교 놈들일까?"

"그건 아닌 것 같은데요. 구천신교는 서쪽에 있는데 저들은 동쪽으로 가고 있지 않습니까?"

"달마도 동쪽으로 갔는데, 구천신교 무사들이라고 해서 동쪽으로 가지 말란 법 있어?"

그건 아니었다.

'비교를 해도 꼭······.'

양류한은 장막심을 슬쩍 흘겨보고 말을 돌렸다.

"옷을 보니 어디서 큰 싸움을 하고 온 자들 같던데, 혹시 구천신교 무사들과 싸우고 온 것이 아닐까요?"

서쪽에서 동쪽으로 이동 중이다. 게다가 피에 젖고 옷자락이 찢긴 걸로 봐서 큰 싸움을 한 것처럼 보인다.

장막심도 양류한의 말이 옳은 것 같았다. 그렇다고 의문이 없는 것은 아니었지만.

"그런데 왜 저렇게 도둑놈처럼 은밀하게 움직여?"

"구천신교 무사들이 쫓아올지 몰라서 그러는 것일 수도 있잖습니까?"

장막심은 흠칫하며 슬쩍 뒤를 돌아다보았다.

갑자기 뒤에서 구천신교 놈들이 덮치는 건 아니겠지?

다행히 그의 뒤에는 바람만 지나가고 있었다.

"음, 자네 말대로 구천신교와 한바탕 했다면 보통 놈들이 아닌데, 어떤 놈들이지?"

복장에 특별한 특징이 없어서 겉모습만으로는 어느 문파의 무사들인지 알 수가 없었다.

양류한은 계곡을 통과하는 자들을 노려보며 싸늘한 눈빛만

빛냈다.

절궁에 있는 동안 주위를 돌아다니며 구천신교와 관련된 곳이 없나 찾아보았다.

오늘도 헛고생하는 셈치고 능선을 따라 산 몇 개를 넘었다. 그런데 오시 무렵, 북쪽의 산줄기를 타고 가는데 저자들이 보인 것이다.

'어떤 자들인지는 몰라도 수상한 자들인 것은 분명해.'

빠르고 은밀한 움직임. 모두가 뛰어난 실력을 가진 무사들이다.

저러한 자들이 이 깊은 산중을 가로지르는 이유는 뭘까?

어디서, 누구와 싸운 걸까?

의문이 한두 가지가 아니었다.

"쫓아가 볼까요?"

양류한의 말에 장막심이 고개를 끄덕였다. 이대로 돌아가면 궁금해서 밤잠을 설칠지 몰랐다.

"그러자고."

두 사람은 일정한 거리를 두고 미행했다.

들켜서 좋을 것은 없었다. 남의 눈에 띄지 않으려고 은밀하게 움직이는 자들이 아닌가.

그렇게 오십 리까지는 그들의 눈을 잘 속이고 뒤쫓을 수 있었다.

그런데 오십 리를 지나 강가가 보일 때였다.

쉬지 않고 움직이던 자들이 멈칫하더니, 그들 중 몇 사람이 뒤로 처지는 것이 아닌가.

왠지 목덜미가 섬뜩해진 장막심은 미행을 멈췄다.

"저 새끼들이 왜……?"

양류한이 먼저 상대의 뜻을 눈치채고 다급히 말했다.

"형님, 놈들이 우리의 미행을 눈치챈 것 같습니다."

"그래? 헛! 튀자!"

전면을 바라보며 담담히 대답하던 장막심은 번개처럼 돌아서서 내달렸다.

십여 명이 날듯이 달려오고 있었다.

신법만 봐도 자신들의 아래가 아니었다. 그런 놈들이 열 명이 넘는다.

다짜고짜 검부터 뽑아들고 달려오는데, 살기가 풀풀 날리는 걸 보니 잡히면 죽을지 몰랐다.

"개새끼들, 정천맹 놈들이 아닌 것은 분명해!"

그들이었다면 일단 말부터 걸었을 것이다. 꼴에 있는 멋, 없는 멋 다 찾으면서.

두 사람은 이십 리가량을 달린 후에야 추적을 따돌릴 수 있었다.

그런데 거기서 문제가 생겼다. 미행을 하면서 나름대로 돌아갈 길을 봐두었는데, 정신없이 달리다 보니 어디가 어딘지 알 수가 없었다. 한 마디로, 길을 잃은 것이다.

장막심이 투덜거리며 양류한을 안심시켰다.

"아, 그 자식들 때문에 이게 뭐야? 젠장! 이봐, 걱정 말고 따라오게. 이 정도 산은 내가 살던 곳에 비하면 아무것도 아니니까. 어두워지기 전에는 도착할 수 있을 거야."

양류한은 왠지 불안했지만, 지금은 장막심을 믿는 수밖에 없었다. 험준한 촉산에서 살아온 사람이니 자신보다는 길을 잘 찾을 거라 여긴 것이다.

그리고 두 시진 후.

양류한의 칼날 같은 눈빛이 장막심의 뒤통수에 꽂혔다.

"해가 곧 질 것 같은데요, 형님."

장막심은 뒤통수를 긁적이며 주위를 둘러보았다.

"이상하네……. 분명히 저 산만 넘으면 절궁 같았는데……. 저쪽으로 가 볼까?"

6.

사도무영 일행이 절궁에 도착한 것은 해시가 지날 무렵이었다.

잠자다 깨었는데도 담격은 활짝 웃으며 사도무영을 반겼다.

"오셨구려."

"밤늦게 찾아와서 죄송합니다."

"별말씀을. 우리 부족의 문은 그대에게 언제든 열려 있소이다."

"감사합니다. 그런데 혹시 제 동료들이 오지 않았습니까?"

"두 분이 오늘 오전까지 계셨는데, 아침에 나가셨소이다. 어두워지기 전에는 돌아올 줄 알았는데……."

둘이라면 장막심과 양류한일 것이다.

만소개는 형주로 돌아갔든, 제갈신운과 함께 갔든 따로 갔을 것이고, 세 늙은이는 얼씨구나 하며 떠났을 것이 분명했다.

그런데 어디를 간 것일까?

혹시 길을 잃은 것이 아닐까?

큰 걱정은 하지 않았다. 절정고수가 산속에서 길 좀 잃었다고 큰 어려움을 당할까.

'날이 밝으면 돌아오겠지.'

사도무영은 그들에 대한 생각은 잠시 미루고 담격에게 말했다.

"저희 인원이 좀 많은데, 쉴만한 곳이 있겠습니까?"

"걱정 마십시오."

담격은 마을사람 두엇을 부르더니 빠르게 명을 내렸다. 그러고는 고개를 돌리고 여자와 아이들을 바라보았다.

"여자분들은 아이들과 함께 이 사람들을 따라가도록 하시오. 그리고 나머지 분들은 일단 제 집으로 가십시다."

난요가 여자와 아이들을 데리고 마을사람을 따라가고, 나머지 사람들은 담격의 집으로 향했다.

가면서 사도무영이 말했다.

"우리는 내일 떠나지만, 여자와 아이들은 이곳에 남겨놓을 생각입니다. 괜찮겠습니까?"

"걱정 마시오. 가족처럼 잘 돌봐드리겠소이다."

사도무영은 방에 들어가서야 조화설을 내려놓았다.

침상에 엉덩이를 걸친 조화설이 먼저 빙그레 웃으며 말문을 열었다.

"전보다 무거워졌지?"

무거워지긴 했다. 그동안 많이 커졌으니까. 키도 그렇고, 엉덩이와 가슴이 이제는 완연한 여인의 굴곡을 보이고 있었다.

물론 그 정도 몸무게 차이는 사도무영에게 아무런 영향도 미치지 않았지만.

"새털처럼 가볍던데요?"

"그래? 이상하네, 가슴이 많이 커진 것 같던데……."

엥?

설마 그런 말을 할 줄 몰랐던 사도무영은 순간적으로 얼굴이 붉어졌다.

조화설은 사도무영을 놀리는 게 재미있는지 빙그레 웃으며

세상으로

말했다.

"적소연이라는 아이가 동생을 좋아하는 거, 알고 있지?"

"그, 그게……, 소연이는……."

"몸집은 작아도 이미 성숙한 아이던데, 아! 언뜻 들으니까 같은 방을 썼다며?"

헉! 누가 그걸 고자질한 거야!

사도무영이 아무리 절대의 무공을 지녔다 해도, 아직은 열여덟 어린 나이였다. 이야기가 갑자기 이상하게 흐르자 당황하지 않을 수 없었다.

"아, 아니……, 그게 말이죠."

"예쁘던데."

"……."

훗.

조화설을 피식 웃고는 침상에 몸을 눕혔다. 더 놀리고 싶은데 몸이 허락지 않았다.

"내 걱정 말고 어서 가 봐. 사람들이 기다리고 있잖아."

"괜찮겠어요?"

"힘이 조금 없어서 그렇지, 별 이상 없어. 아마 내일이면 더 괜찮아질 거야."

"그럼 금방 갔다 올게요. 심심해도 조금만 참아요."

"잠깐 이리 와봐."

조화설이 머뭇거리는 사도무영을 불렀다.

사도무영이 침상에 바짝 다가가 고개를 숙이자, 조화설이 두 손을 뻗어 사도무영의 목을 감았다. 그러고는 반항(?)할 틈도 주지 않고 사도무영의 입술에 자신의 입술을 갖다 댔다.
 사도무영은 퉁방울처럼 눈을 크게 뜨고 멍하니 움직이지 못했다. 심장이 갑작스런 충격에 터질 것처럼 뛰었다.
 "고마워."
 조화설의 나직한 목소리가 목덜미를 스쳤다. 목을 감쌌던 그녀의 손에서 힘이 빠지더니 스르르 풀렸다.
 사도무영은 미끄러지는 그녀의 몸을 엉겁결에 잡았다. 그러고는 무언가에 홀린 것처럼, 그녀의 입술을 자신의 두툼한 입술로 덮었다.

 사도무영은 히죽거리면서 머리를 긁으며 방을 나섰다.
 뒤에서 조화설이 웃으며 바라보고 있다는 걸 알기에 억지로 뒤를 돌아보지 않았다.
 건물 중앙으로 가자, 벌겋게 타오르는 숯불을 가운데 두고 사람들이 둘러앉아 있었다.
 담격이 내놓은 음식을 먹던 망혼진인이 고개를 들고 물었다.
 "뭐 하느라 이제 나온 거냐?"
 사실대로 말할 수는 없는 일. 대충 둘러댔다.
 "잠시 이야기 좀 나누느라 늦었습니다."

그런데 미고가 웃으며 넌지시 말했다.

"호호호, 오래 헤어져 지내셨다는데 오죽 안아보고 싶었겠어요."

사도무영은 뜨끔했지만 일절 내색을 하지 않았다.

그때 교상이 소곤거리듯이 말했다.

"입술이 촉촉한 거 보니까, 입도 맞췄나 봐."

작은 목소리였지만 못 들을 정도는 아니었다.

사도무영은 자신도 모르게 입술을 만졌다.

별 신경을 안 쓰던 사람들조차 모두 사도무영을 바라보았다. 심지어 막도도 이번만큼은 교상의 뒤통수를 때리지 않았다.

"사실인가 보군."

사도무영은 눈에 힘을 주고 그들을 노려보았다.

수라단원들은 실실 웃으며 고개를 돌렸다. 그렇다고 입까지 쉬지는 않았다.

"크크크, 우리 령주님도 완전 쑥맥은 아니었군. 소연이를 그대로 놔두어서 아무것도 모르는 사람인 줄 알았더니 말이야."

"킬킬, 그건 몰라도 할 수 있는 거라고. 입 맞추는데 기술이 필요한 것도 아니고……."

그들은 당장 때려 죽여도 할 말은 하는 사람들이었다.

'끄응, 다른 것은 괜찮은데, 저 입이 문제군.'

사도무영은 짐짓 인상을 쓰며 싸늘히 말했다.

"쓸데없는 소리 그만하고, 내일부터 어떻게 할 건지, 그것에 대해 의논해 봅시다."

기둥에 등을 기대고 있던 도담이 몸을 반듯이 세우고 사도무영을 바라보았다.

"우리는 령주님이 하라는 대로 하겠습니다."

"명만 내려주십시오."

"모든 걸 령주님께 맡기겠습니다."

적도광과 추강도 모든 걸 사도무영에게 맡겼다.

그들은 고향을 잃은 사람들이었다. 강호에 대해서 아는 것도 없었다.

물론 각자 헤어진다 해도 살아가는 것은 어렵지 않았다. 그러나 그들에게는 한 가지 공통된 목적이 있었다.

수라곡을 피로 물들인 자들에 대한 복수!

그걸 위해서 사도무영이 자신들을 이끌어주기를 바라는 것이다.

사도무영은 한쪽에 마련된 의자에 앉고는 사람들을 둘러보았다.

그도 앞에 있는 사람들이 뭘 원하는지 모르지 않았다. 그리고 그 역시 그들을 찾고 싶었다. 목적은 조금 달랐지만.

"좋소. 그럼 강호로 나가서 우리가 머물 거처를 찾아봅시다."

반 시진 가량 이런저런 이야기를 나누고 방으로 돌아간 사도무영은 적도광을 불렀다.
"부르셨습니까, 령주."
사도무영은 품속에서 작은 옥함을 꺼내 내밀었다.
"받으시오."
적도광은 의아한 표정으로 옥함을 받아들었다.
"열어 봐요."
사도무영의 명령 아닌 명령에 적도광이 옥함의 뚜껑을 열었다. 옥함에는 엄지손톱만한 단환 열여덟 개가 들어 있었다.
"혹시 이게……?"
"맞소. 감교악이 약속했던 수라마단의 해독단이오."
적도광의 눈꺼풀이 파르르 떨렸다. 사도무영에게 듣긴 했지만, 막상 자신들의 목숨을 좌우하는 해독단을 보자 가슴이 울컥했다.
"바로 약효가 있는 게 아니라더군요. 때가 되었는데도 마단을 복용하지 않을 경우 잠재되어 있던 독기가 솟구치는데, 그때 복용해야 효과를 본다고 했습니다. 각자 그 시기가 다를 것이니 가지고 있다가 그때가 되면 복용하라고 하십시오."
"예, 령주."
고개를 숙이는 적도광의 눈가에 물기가 맺혔다.
자신도, 동생도 이제 수라마단의 독기를 걱정하지 않아도 되는 것이다.

7.

장막심과 양류한이 돌아온 것은, 다음 날 아침 날이 밝은 직후였다.

부스스한 머리, 여기저기 찢어진 옷은 밤새 이슬을 맞은 듯 축축했다.

어깨가 축 처진 채 마을로 향하던 두 사람은 마을 안에서 오가는 무사들을 보고 급히 바위 뒤에 몸을 숨겼다.

"저 새끼들은 또 뭐야?"

"만만찮은 자들입니다."

양류한이 무사들을 살펴보고 눈살을 찌푸렸다.

마을 안에서 오가는 무사들은 수라십이살이었다. 혹시라도 수라곡에서 치솟은 연기를 보고 수라곡을 친 자들이 올까 봐 경비를 서는 중이었다.

"자네가 봐선 어떤 놈들일 거 같나? 어제 그놈들은 아니겠지?"

"그놈들은 아닌 것 같은데요? 일전에 안개 낀 계곡에서 보았던 자들과 복장이 비슷한데, 혹시 그들이 우리를 잡기 위해서 온 게 아닐까요?"

그제야 장막심도 수라십이살의 복장을 눈여겨봤다.

"정말 그렇군."

"어떻게 하시겠습니까?"

"마을사람들이 놈들에게 당했을지도 모르네. 그렇다면 그냥 갈 수는 없지."

장막심의 눈빛이 싸늘해졌다.

양류한도 마다하지 않았다.

"네 사람이 경비를 설 정도면, 총인원이 적어도 그 열 배는 될 겁니다."

"지미, 한 번 붙어보고, 정 안되겠으면 도망치는 거지 뭐."

양류한은 나름 신중하게 따져보고 입을 열었다.

"저자들보다 훨씬 강한 자들이 다수 있을 겁니다. 공격해보고 안 되겠다 싶으면 바로 빠져나와야 합니다."

"알겠네."

"일단 돌아서 들어가지요. 마을사람들이 어떻게 되었는지 먼저 알아봐야겠습니다."

장막심과 양류한은 소리 나지 않게 검을 뽑아들고는, 몸을 낮춘 채 마을로 접근했다.

마을 입구를 빙 돌아간 두 사람은 속도를 늦추고 신중을 기해서 담격이 사는 건물 가까이 다가갔다.

부족의 족장인 담격의 상황만 알아도 마을의 상황을 대충은 알 수 있을 것이었다.

한데 그들이 담격의 거처에서 이십여 장 떨어진 곳까지 접근했을 때였다. 좌측에서 한 사람이 날아들더니 앞을 가로막았다.

스릉!

검을 빼든 그가 싸늘한 목소리로 다그쳤다.

"웬 놈들이냐?"

장막심은 아무 말도 하지 않고 상대를 공격했다.

온몸에서 강함이 느껴지는 자였다. 다른 자들이 몰려오기 전에 처리하지 못하면 곤란해질지 몰랐다.

쉬이익!

번개처럼 빠른 검세가 상대의 가슴을 노리고 뻗어나갔다.

두 사람의 앞을 가로막은 적도광은 차가운 눈빛을 번뜩이며 장막심의 검세 속으로 뛰어들었다.

〈6권에서 계속〉

방수윤 신무협 소설

虛夫大公
허부대공

FANTASY STORY & ADVENTURE

장르문학 최대 사이트 문피아(MUNPIA)의
독자들을 단숨에 사로잡은

『천하대란』, 『용검전기』, 『무도』의 작가
방수윤의 2007년 최고의 고감도 무협!

이제 허부대공에 의해 구주 무림의 역사가 다시 쓰여진다!
득시공검자지불멸(得時空劍者之不滅)!
시공검을 얻는 자 불멸하리라!

dream books
드림북스

신마협도

권용찬 신무협 장편소설

ORIENTAL FANTASYSTORY & ADVENTURE

『철중쟁쟁』, 『칼』, 『상왕진우몽』의 작가!
권용찬의 탄탄한 구성과 흡입력 있는 이야기.

악의 본질을 꿰뚫어 본 사람만이
　　　　진정한 협을 말할 수 있다.

철저한 악인으로 살아온 지난 세월을 모두 벗어 던지고
가슴으로 말하는 협(俠)의 길 위에서 천하를 질타한다

dream books
드림북스